迷う門には福来る

ひさだかおり

本の雑誌社

迷う門には福来る

ひさだかおり

もくじ

迷う門には福来る

帰り道はサバイバル

「生まれたときから方向音痴だったんですか？」

あるとき、某出版社の営業マンの方から聞かれたのだけど、生まれたときからって、まさか私が生まれるときに母親の胎内で出口を間違えて遡《さかのぼ》っていき、脇の下から生まれ出たとでも思っているのだろうか。

もしそんなとこから生まれていたら、私は今頃書店で時間的に働いていたりなんかしないで、世界中に慈悲と救いを説いて廻っているだろうて。

じゃあいったいいつから道に迷い始めたのか。初めての迷子はいつどこでなぜ？考えてみると子どものころ、道に迷った覚えはあまりない。迷子になって犬のおまわりさんのお世話になったこともない。すこぶる順調にまっすぐに道を歩き続けてきた気がする。

小学生のときは分団登校だったから一人で通うことなんてないし、家までは近所のお姉さんが「か～おりちゃ～んっ！」と誘いに来てくれた。

中学校は自転車通学だったけど、友達と一緒だったし、高校も毎日友達と一緒に近鉄の駅の目の前にある学校に通っていたし。

考えてみると一人で行動するなんてことがほとんどなかったのだな。平日は友達と、休日は家族と行動する。これでは道に迷うわけがない。迷う余地なんてない。迷いたくっても迷いようがない。

とすると大学以降か。

そういえば母親と一緒に下宿を探しにいったとき、学生課で紹介されたアパートにどうしてもたどり着けなくて、知らない町をぐるぐると歩き続けた。どんどんと学校から離れていき、こうなったらもう一度学生課で確認するしかない、と、くたくたになりながらおおよその方向を目指して大学に向かって戻ってみたのだけど、今度は大学さえ見つからない。

疲れ果てて喫茶店に入り途方にくれていたら店のマスターが「もしかして下宿探し？いいとこあった？」と。そして「女の子向きの、いいとこあるよー」と教えてくれたのが、喫茶店の常連さんがやっている男子禁制女子のみの下宿だった。

マスターが大家さんを電話で呼び出してくれて、部屋を見学。ここがまた素晴らしく良いところで即決。道に迷うってのも悪くないね〜とほくほく。普段の行いがいいとこういうステキな出会いがときに転がっていたりするのだ。

そして多分、ここから私の道迷い人生が始まったのだと思う。方向音痴というのは後天的才能なのかもしれない。後天的才能が目覚めてからはもう猪突猛進、間違った道をひたすらまっすぐ歩み続けてきた気がする。

下宿から車で自宅に帰る道がものすごく分かりにくくて、いつも違う場所に出てしまう。今のようにナビなんてない時代。記憶と野生のカンだけが頼りのサバイバル的帰省。まさに命がけだった。

ほんとうは高速道路を使えば1時間半ほどで帰れる距離だったのだけど、初心者マークを4枚貼り付けた車で走るのはすごく怖くて、なので一般道をとろとろと走って帰るのだが、曲がる場所がなぜか覚えられない。

ここだここだと思って曲がるたびに初めての町と出会う。とりあえず自宅の方向に向かって進むと一方通行で元に戻ってしまったり、行き止まりになってしまったり。

車を停めて、その辺りを歩いている人に聞くときは他県から来た困ってる人を装い、詳しい道順を教えてもらう。たいていは大通りに戻れと言われるのだけど。

えっと、駅を出て
どっちだ？
あれっ
私だ！
ガンバレ
もうすぐ
もうすぐよ！
うーん
うーん
そっち
じゃ
ない…
ママ
うなされてる
道に迷った
夢でも
みてるんだろ

とにかく車で道に迷うとダメージが大きい。あれ？　と思ってもすぐには戻れないし、もうちょっと先までなんて思うともう取り返しのつかない状態に陥っていて、過去は振り向かない、ただ前に進むのみ、って感じになる。

休みの日も、車で出かけるたびに道に迷って目的地にたどり着けず帰ってくるという悲しい旅が繰り返されていたけれど、それでも車が好きだった。

大学を卒業して就職した先は、自宅から車で40分ほどのところにあった。毎日がちょっとしたドライブ気分。

行きはまっすぐ間違えないように同じ道で通うのだけど、帰りはフリーダム。早く帰れるときは、色んなところで曲がってみる。どの道を通れば早く帰れるか、とか、どこを通れば面白い道に出るか、とか、毎日が探検、あるいは冒険。

しかし、探検には危険が伴うのが常。

一度いつものように知らない角で曲がり曲がり曲がり続けるうちに、全く見たことも聞いたこともない地名に出くわした。風景もいつもとちょっと違う気がする。空を見上げると太陽が反対方向に沈んでいく。これはとんでもないところに迷い込んだのではないか。一瞬血の気が引く。

誰かに道を聞こうにも畑だけが広がる世界に人の姿はない。犬さえいない。徐々に暗くなっていく。日が落ちたらもう二度と家には帰れない。不安が募る。

とりあえず明るい方へと走っていく。町に出ればなんとかなるはず。祈るような気持ちでアクセルを踏む。

やっとたどり着いた町の電気屋さんに飛び込み、事情を説明。現在地を聞いてびっくり。

自宅とは反対方向の、ちょっと考えられない場所に自分は立っていたのだ。時計を見ると職場を出てから1時間近く経っていた。

いったい何をやっているんだ。明日も仕事だというのに……。

最寄りの高速道路の入り口までの地図を描いてもらい、ようやく自宅にたどり着いた。心身消耗疲労困憊まるでボロ布。

深く深く反省し、その後しばらくは行きと同じ道で帰宅したのは言うまでもない。

愛をこめて風船を

あれは約10年前の9月のこと。

店のオープニングスタッフとして他支店へ研修に行くことになった。

指定された時間にちゃんと間違いなく着けるようにものすごく詳しく道順を調べ、メモを取り、かなり時間に余裕を持って出かけたのだけど、世の中思わぬことが起こるもので。

当日私が乗る予定の路線が事故で運休になっていた。駅のホームで呆然とたちすくむ。どうしよう……。

とりあえず会社に電話をして指示を仰ぐ。

電車でやって来るほとんどの新スタッフから同様の連絡があったとかで、代替バスで最寄りの駅まで来い、そこに迎えにいくからとのこと。

なぁんだ、みんなそうなのか、ちょっとほっとする。

最寄り駅に着くと無言で立っている集団がいる。その集団の近くにさりげなくじりじりと近寄っていくと「研修の人集まってくださーい」との声が。

おお、やっぱりこの集団でよかったのか。

駅から支店まで歩いて5分ほどの距離を研修を受けるもの同士、自己紹介なんぞしながら歩いていく。

研修は仕事の心得の朗読から始まり、レジ操作、手打ちのやり方、袋詰め、カバーのかけ方、付録組みの仕方などなどなどなど。

見るもの聞くもの珍しくて珍しくてキョロキョロしていると先輩にジロリとにらまれた。

あ、すみませんすみません、メモします、覚えます。もう一度教えてください。ごめんなさい。

そんなこんなで研修は終わり、帰宅時間。

他のスタッフはみんなで近くのマクドナルドに寄っていくと言うけれど、まだ子どもが小さかった私は一足お先に帰ることにした。

それではみなさんさようなら。次は勤務するお店でお会いしましょう！　と手を振り店を出た。

店を出て考えた。

駅はどっちだ？

来るときは迎えに来てくれた人について歩いてきたので何も見てなかった。

目印の覚えもない。ただ、ものすごく近かったという記憶しかない。うーむ、困った困った。

とりあえず来たと思われる方向へと歩き出す。駅だもんな、人が歩いてる方向だよな。

しばらく歩いて思い出した。

一度左に曲がった。ということはどこかで右に曲がればよしだ。

適当なところで右に曲がり歩く。しばらく歩いてみるが駅らしき建物はどこにも見当たらない。線路もない。

もしかするとこれは間違えたか？　マズいなマズいな。

こういうときは無理せず人に聞こう。地元主婦らしき人に聞いてみる。

「津島駅はどこですか？」

親切そうな主婦によると、

「ちょっとここからだと分かりにくいけど、こう行ってあぁ行ってそう行ったら本屋さんが見えるから、そこからちょっと歩いたらもうすぐ分かるわよ」

えーっと、その本屋さんって私がさっきまで研修していたお店でしょうか？

なぜそんなことになったのか全然納得できないまま店まで戻り、前を通り過ぎてちょっと歩いたら目の前が駅だった。

改札を抜けてホームに行くと、マクドナルドに寄って一休みした後のみんなの姿が……。そして不思議そうに私を見つめる目が……。

こんなことならみんなと一緒にマクドナルドへ行けばよかったよ。

そんな苦しい研修を受けようやくグランドオープンの日。

ものすごい数のお客さんがやってきた。

頭は真っ白、手順もきれいに消え去り、なにがなんやらわけが分からん。

ただうろうろわたわたしていると本部から来た応援の人に「レジはいいから風船作りに行って」と言われる。

追いやられるようにアンパンマンの着ぐるみと一緒に子どもに配るヘリウム風船製作班に参加。これがまた難しい。

ボンベのクチに上手く風船をかぶせないと途中でピューっと飛んでいってしまう。

景気よくノズルをひねっていると膨らみすぎて破裂する。

ちょうどよく膨らんだ風船に紐をつけてようやく手渡し、と思った瞬間ふわりと宙に浮く。

あー、行っちゃった……。

問い合わせには上手く答えられない、レジ操作はミスる、風船班さえこなせない……。

あぁ、なんてダメダメなスタッフなんだ、もしかすると「明日から来なくていいから」と言われるかも……と落ち込みながらふと天井を見ると色とりどりの風船が。

エアコンの風に揺れながらぎうぎうと天井いっぱいに広がる風船を見ていたら、なんだかちょっと泣けてきた。

しんみりしているとアンパンマンが風船を差し出してくる。

私にくれるの？

初めて会ったけど、いいやつだなアンパンマン。

と思ったら隣に手を出してる女の子が。

いかんいかん、ぼんやりしてる暇はない。

よし、こうなったら風船作りのエキスパートになってやる。見てろよアンパンマン！

そしてオープニングイベントの最終日、私は同じ大きさの風船を次々と作り続けるという高度な技術を身につけていた。

それは、次の日から全く役に立たない技術ではあったけど。

駐車場には恐怖がいっぱい

あるとき、仕事も終わった、さぁ帰ろう、と店から出たら、愛用の自転車がない。いつも停めてある場所には近所の高校生が乗りつけた自転車がわっさわっさと停まっているというのに私の愛車は影も形もない。

すごく気に入って買ったライムグリーンの可愛い自転車である。同僚からは「カマキリ号」と呼ばれるし、倒しまくったので全体的に傷だらけだし、カゴもゆがんでいるけれど、それでも大事な自転車である。

私の自転車はいったいどこよっ？　盗まれたかっ？　盗まれたのかっ!?

あわてて店に戻り同僚に伝える。

自転車が盗まれちゃった！　どうしよう？　あぁそうだ、警察に電話しなきゃ！

いや、直接交番に行った方が早いかっ？

すると、黙って聞いていた同僚が言った。

「ひさださん。今日、車で来てたよ」

そうだった。そうだった。今日は車で来たんだった。帰りに買い物に行こうと思ってたんだ。

参った参った。わははは。いやー、早目に気付いてよかったよかった。

にこやかに微笑んで店を出た。

逆もある。

「車で来たから帰りに乗せてってあげるよ」と偶然店で会った友達を連れて駐車場に行ったら我が愛車「たま号」がない。

すわ！　車泥棒かっ？　最近このあたりで盗難が続いてるのだよ。まさか自店の駐車場でやられるとはなっ！

と焦ってたらポケットから自転車のカギが出てきた……。

ごめんごめん、期待させてすまなかった。今日は自転車だったよ。悪いけど歩いて帰っておくれと友達に手を振ったことも二度三度。

また、停めた場所を忘れて右往左往することも日常的光景だったりする。

雨が降っていたので近所の同僚を送って行こうとした帰り。

停めたと思っていた遠くにある駐車場に行ったらそこに車はなくて。

あぁそうだそうだ、今日はちょっとズルして近くに停めたんだ、とまた店の前まで戻って来た。

雨の中、あちこち連れまわされた同僚が気まずそうに一言、

「フツーに歩いて帰ってたら、もう着いてるわ」と……。

まさに有難迷惑このうえなし、だ。

平面駐車場なら、これくらいの被害で済む。

これが立体駐車場になると、ちょっとやそっとの被害ではなくなるから恐ろしい。

大型のショッピングセンターやデパートに行って、車をどこに停めたか分からなくなる、というのはよく聞く話で。

だけど、私の場合、どの階に停めたかも分からなくなることがたまにある。たまに、ごくたまに。

これは非常にやっかいな問題である。

各階の駐車場をくまなく探さねばならないなんて、考えただけでも背筋が凍る。鳥肌が立つし、吐き気まで催す。

数年前、立体の駐車場でどうしても自分の車が見つからなくて困ったことがある。

停めたと思しき場所をあちこち探すも見つからず。荷物は重いし疲れたし、もうだめだ限界だ誰か助けて、と駐車場のおじさんにSOSを出した。

「えーっと、車種と色とナンバーを教えてください」

車種は日産マーチ、色はえっと水色、いや、グリーン、っていうかシルバー？　誤解のないように書いておくと、私の車は非常に微妙な色をしているのである。水色のような薄いグリーンのような、そこにシルバーを混ぜたような。なので、色を覚えていないわけではなく、一言では言い表しにくい色なのである。

メモを取っていたおじさんが疑わしげな目を向けて先を促す。

えっと、ナンバーは、ナンバーは……。

車のナンバーなんてそんなもの知らないよ。覚えているわけがない。最初が「名古屋」だというくらいしか記憶にない。

そもそも、世の中の人は自分の車のナンバーなんてものを覚えているのだろうか？　そんなもの覚えていてなにか役に立つのか？

あ、こういうときに役立つのか……。

とにかく分からないものは仕方がない。

堂々と、でも申し訳なさそうに「覚えてません」と答えると、おじさんは無言のままトランシーバーでおじさん仲間に連絡をして情報を集めてくれた。

無事に車が見つかったのは買い物が終わってから30分以上経った夕方のことであった。

私が申請した車の色の表現が微妙だったため見つけ出されるのに時間がかかってしまったのだ。

あれから数年経つがいまだに自分の車のナンバーは覚えていない。

ナンバーと言えば、結婚前に彼氏（現夫）とデートの待ち合わせをしたときに、てっきり彼氏の車だと思って乗り込んだら、運転席に知らない人が座っていた、という恐怖の体験をしたことがある。

いつも待ち合わせる場所に停まっていた同じような白い車。

そりゃ、間違えるなって方がムリでしょう、と思わんでもないけれど、あの時は彼氏のナンバーくらいは覚えておいたほうがいいなぁ、と心の底から思ったもんだ。

それでも正確に言うと乗り込んで座る直前、片足の段階で気付いたのだから、それはまだセーフという範囲なのかもしれない。

北の旅は命がけ

見知らぬ土地で夜更けに道に迷ったことがある人はきっと私の気持ちを分かってくれると思う。

そもそもことの発端は、名古屋港ランチクルーズの抽選会で引き当てた「豪華特等船室苫小牧往復チケット（5万円相当）」である。

こんなすごいものを引き当てるなんて、私のくじ運もたいしたものだ、といそいそと旅の計画を練ったのであるが、名古屋から苫小牧まで二泊の船旅である。

当時1日おきにしかフェリーが就航していなかったので現地に二泊するとしたらまるっと1週間の旅になってしまう。

いくらその頃の私が専業ママだったとして、さすがに1週間も夫を置いて家を空けるわけにはいかない（あ、書き忘れたが夫は勤勉がネクタイを締めていると称されるほどの働き者なので冠婚葬祭以外で仕事を休むなんてありえないのである。なので最初からお留守番決定だったのだ）。

それならばと往復チケットを行きと帰りに分けて使うという荒業、つまり、行きフェリーで帰り飛行機、行き飛行機で帰りフェリーと、有効期間1年の間に2回北海道へ行くことにした。

一度目は夏。私と子どもたち三人旅では心配だ、ということであまり戦力にはならないのだけど時間的に余裕ありありの実家の母親も同行することになった。

この旅は、2歳ほやほやのチビスケがいるのでムリのないような計画を立て、移動はタクシーを駆使しのんびりと温泉につかり無事に帰宅したのである。

そして、問題は二度目の旅、である。

特等船室は和室なので、何人乗っても可。

ということで、もう一人時間的に余裕のある実家の兄が参戦することになった。心の広い兄嫁に感謝しつつ日程は春休み真っ只中の3月下旬四泊五日の旅。

第一目的地は小樽。

旅の計画を立てるのは好きである。ガイドブックを見ながら行きたいところに付箋を貼っていく。あれこれ貼っているうちに本当はどこに行きたかったのか分からなくなるのだが、そういう作業を何度も続けていると自然に行き先が決まってくる。

しかし行き先が決まってからが問題だ。行きたいところを巡るルートを決めるのが非常に難しい。たいていは悩んでいるうちに面倒くさくなって、とりあえず行ってみよう！　ということになるのだけど。そして、とりあえず行ってみた。

小樽はステキな街だった。

思ったよりも運河が小さくて驚いたが、それでもレンガ作りの建物やガラス工芸館など、子連れでものんびり散策できるスポットがこじんまりとまとまっていてよかった。

一泊目の宿はちょっと変わったところ。

小高い丘の上にあるそこは、ペンションのようなロッジのようなコンドミニアムのような宿だ。見た目はフツーのかわいいアパートなのだけど、長期滞在もできるその宿は子連れにも優しいキッチン付き！　小樽の市場で新鮮な魚介類を買って自炊もよし、ってことだった。

でも旅に出てまで自炊なんざぁとんでもないってば！　と、夕方早いうちに小樽の街まで繰り出した。

雪の残る中、おそるおそる丘から下りて歩いていく。

夜に出歩くなんてめったにないので子どもらは大騒ぎ。大騒ぎの子どもらと一緒に大騒ぎしながら一品料理屋に。カニやらウニやらイカやらサカナやら、もうなんでもかんでも美味しいったらありゃしない。

たらふく食べてお腹もくちくなったので、さあ帰りましょう。と、歩き出したときに兄が言った。

「せっかくなので古本屋なんぞ巡ってくるから、四人で先に帰っていて」

あぁそうですかそうですか、と兄と別れ歩き出し気付いた。

どこに帰る？

えーっと、宿に名前ってあったっけ？

確か丘の上だった。急な階段を降りて街に行ったんだ。だから小高い方向に進めばよし。

なんとなく小高くなっている方へと向かって歩いているうちに街中のお店がどんどん閉まっていく。これはまずい。最悪のパターンかも知れない。

電話番号も分からないし、えーっ！　どうしようどうしよう！

あわてて開いているお店に入って聞いてみる。

「小高い丘の上にあるアパートみたいな宿知りませんか？」

何軒か尋ねるが誰も知らない。こうなったら最後の手段、タクシーのおじさんに聞こう。

街に戻り、タクシーを捕まえ、ありったけの記憶を吐き出す。

無線で本部に問い合わせたあと、地図を調べていたおじさんがそれらしき場所を見つけてくれた。

あぁ助かった、小樽での遭難は免れたよ。ようやく宿に着いたときの感動は今も忘れていない。

兄が戻ってきたのはそれから1時間も経ってからである。この役立たずっ！

しかしこの旅における超絶危機的状況は最終日に待っていたのである。

二泊目を過ごした定山渓温泉から札幌に行きカニ市場でお土産を買ったあと、ビール園でジンギスカン食べ放題に挑戦したのであるが、このビールが曲者であった。

札幌から苫小牧までバスで2時間近くかかるのである。フェリーの出航まで余裕を持って到着する、つもりだったのに、出来立てビールとおいしいラム肉につい気がゆるんでしまい、バスの時間を調べるのをすっかり忘れていた。

まずいぞまずいぞ！

とりあえずやって来た苫小牧港行きのバスに乗る。時計を見るとぎりぎり間に合いそうだ。余裕はないけどまぁ、なんとか大丈夫だろう。ほっとして車窓に流れる景色をぼんやりながめる。道は郊外へと向かい建物はまばらになっていく。

うっわー、荒野みたいだ。

どこを見ても地平線しか見えないねー、などと呑気にくつろぎふと時計を確かめるとフェリー出航時間まで30分ほどしかない。

や、これは本格的にまずいんじゃないか？

恐る恐る運転手さんに近づき問いかける。

「6時30分発のフェリーに間に合いますか？」

答えは、否。

おーまいが――――っっ！

どうするどうするどうする？

運転手さんが言うには、このバスはぐるりと苫小牧市内を回ってから港に向かうので途中で降りて別のバスに乗ったほうがいいとのこと。おお、そうかそうか、じゃあ降ります降ります次で降ります。

わたわたと迂回前のバス停で降車。さぁ、別のバスは？　っと。

バスがない……。この先一本もない……。あるのは一面に広がる荒野。どこまでも続く地平線。

車も通らない。犬も通らない。牛さえも通らない。

しばし呆然とたたずむ大人三人子ども二人。

刻々と時は過ぎる。このままではフェリーに乗れない。乗れないどころか数時間で凍え死んでしまう。いや、日暮れとともに現れる人買いにさらわれてどこかに売られてしまうかも知れない……。

真剣にうろたえていたそのとき、反対車線を通り過ぎるタクシー！

総勢五人で手を振る！　手を振りながら叫ぶ！　が、タクシーには「予約」の文字が。

あぁ、もうダメだ。もう名古屋には帰れない。私たちはこのまま北の大地の土となるのか……。

がっくりとうなだれて道端に座り込む子どもたち。

ごめんよ。おかーさんがふがいないばかりに、こんな過酷な運命に引きずり込んでしまった。ゆるせ。来世では立派なツアコンに生まれ変わりステキな旅へ連れて行ってやるからな。

と慰めていると先ほど通り過ぎたタクシーがUターンをして戻ってきた。

をををを！

神様は我らをお見捨てにならなかったぞな！

開いたドアから寒さに震えた身体で、ぎうぎうと乗り込む。あぁ助かったー。

タクシーの運転手さんは荒野にたたずむ子連れの私たちを哀れに思い、迎え仕事を他の仲間に頼み、わざわざ戻ってきてくれたらしい。

「そのまま通り過ぎようと思ったんですよ。でも、こんなところで小さな子どもを連れて、ずいぶん困ってる様子だったからね。思わずUターンしちゃいましたよー、わはははは」

後光が射すその笑顔はまさに神のようであった。いや、リアル神様なんて見たことないけどさ。

そして事情を説明すると、にわかにあわて出した運転手さんが携帯でフェリー乗り場に電話をしてくれた。手渡された携帯に向かって叫ぶ。

「待っっててください！　絶対に行きますから！　お願いします――っ!!!!」

Ｆ１レーサーなみの技術を駆使し、運転手さんは荒野を疾走した。手に汗握り時計を睨む。進むな時間っ！　遅れろ時計！

フェリー乗り場に横付けされたタクシーからわらわらわらと走り出す。受付のお姉さんにすがり付く。

「ひひひひひひひさだですぅ。フェリーに乗ります。遅れてすみませ――――んっ」

引きつった笑顔のままお姉さんは言った。

「だ、大丈夫ですよぉ。お待ちしてました。どうぞこちらへ」

時計を見ると出航時間を10分ほど過ぎていた。ごめんなさいごめんなさい。

そそそそそそとフェリーに乗り込む。ご迷惑をおかけしたみなさんに心の中でお詫びと感謝の言葉を唱え続ける。

みなさんこのご恩は忘れません。きっといつかみなさんにも「豪華特等船室苫小牧往復チケット」が当たりますよーに。ありがとうありがとう。

後で乗務員のヒトに聞いたらこういうことはよくあるそうだ。北海道の旅行者はついつい気が大きくなってしまう、らしい。

カツサンドひとつ分の余裕

それはもう、まるで神の手による奇跡のような鮮やかさであった。

4月10日に東京の明治記念館で行われた本屋大賞授賞式会場から名古屋へ最終の新幹線で帰ってくる、という手に汗握る行程でそれは起こった。

会場最寄りの信濃町駅まで迷わずたどり着き、そこから東京駅まで間違えることなく電車を乗り継いで行く。毎年参加者たちをハラハラドキドキのスリルとサスペンスに巻き込むこのミッションが、こんなにもあっさりと、こんなにも鮮やかに遂行されるなんて、誰が想像できただろうか。

路線図を見ることなく、途中で立ち止まり思案することもなく、そよそよとあるべき場所に向かうその足取りは、まさに貴人のごとし。

そんなミラクルを起こしたのはもちろん私、ではなく、翌日仕事を控えていたため仕方なく日帰りすることになった名古屋の某書店店長のMさん。

そのMさんのおかげで、毎年毎年精根尽き果て血のにじむような思いで東京から家路についていた地獄の帰途を今年は回避できたのである。

Mさん、ありがとうホントにありがとう。

これでもう来年からは苦労なく帰ってこられるな、と東京の路線図を見てみるのだが、どうやって東京駅までたどり着いたのか、さっぱり覚えていない。どこかで乗り換えた気がするのだけど……。

そもそも、今までは品川駅から最終の新幹線に乗っていたのである。それが間違いだったなんて、驚きである。

Mさんによると東海道新幹線は東京駅が始発だとか。つまり東京から乗れば自由席切符であってもほぼ難なく座れるのだ。

なんということだ。目先の距離感に惑わされて毎年毎年品川に向かって悪戦苦闘していたのは時間と労力の無駄であったのだ！

若いときの苦労は買ってでもせよ、というけれど、もう若くもないのだから苦労は売り払わせて頂くことにする。

去年なんて、もう聞くも涙、語るも涙、よくぞ無事に帰れたもんだってくらいドタバタだった。

授賞式が終わり三々五々参加者が帰途につく。

「ご苦労さま打ち上げ会」に参加する実行委員のみなさんやお手伝い隊のみんなと挨拶を交わし、来年の再会を約束しつつ時計を気にする。そろそろ離脱しないとヤバイかも。

すると、本の雑誌の炎のS江さんがやってきて言った。

「ひさださん、大丈夫？　帰れる？」

あ、大丈夫です大丈夫です。電車の時間は調べてありますから。

「や、そうじゃなくて駅まで着ける？」

そこからかいっ！

なんて言ってる間に時間が迫ってきたので今度こそみなさんさようならと手を振って会場を後にしようとしていると、その日名古屋から一緒に参加した同業他社の友達Yさんが「駅まで送っていくわ！」と。

いやいや、大丈夫ですって！　と固辞するもなぜかS江さんまでもが送ってくれることに。

会場の明治記念館から信濃町駅まで三人で歩く。

駅に着いて切符を買おうと券売機に向かうと、すかさず「新幹線の切符で乗れるからっ！」と指示が飛ぶ。

おおお！　そうだそうだそうでした。

「改札通ったらまっすぐ行って突き当たりを右ですよ！」

いや、いくらなんでもこんな小っちゃな構内で迷うわけないでしょ。

ではではお世話になりました、さようなら。笑顔で改札を抜ける。まっすぐ歩く。突き当たって右……って、あれ？　降りるとこないよ、やっぱ左か？　と歩き出そうとすると後ろから「右！　右！」と叫び声が。

振り向くとYさんとS江さんが身体中で右を指し示している。

あ、あ、あったあったここから降りるのね。はいはい、もう大丈夫。

しかし悲劇はここから始まった。

下調べしてダウンロードした資料を見ながらホームに着くと、予定の時間よりも早い電車が停まっている。

わお！　ラッキー！　これで新幹線に余裕で乗れる！

いそいそと乗り込む。ほっと一息つく。さ、次は千駄ヶ谷で、乗り換えは代々木だっけかなー。と思っていたら、なぜか四ッ谷に停車。

四ッ谷――っ⁉　四ッ谷ってどこやーっ⁉

間違えたか？　間違えたのか？　そんなところに停まるって書いてないぞ！

あわてて降りる。どうしようどうしよう。とりあえずS江さんとYさんにメール。

と、二人から相次いで返事。S江さんは間違ってないからそのまま行けと。Yさんは反対方向だから戻れと。

えー？　どういうこと？　えー？

仕方ない、通りすがりのサラリーマンに聞いてみよう。

信濃町駅から乗って名古屋に帰りたいのですけどどこに行けば新幹線に乗れますか？

「えー○○駅で降りて△△線に乗り換えて……」

ごめんなさいごめんなさい、ムリです分かりません！

「あ、じゃアレに乗って元に戻った方がいいですよ」

そかそか。迷ったときの鉄則。元の位置に戻るか。

ではでは。サラリーマンさんにお礼を述べつつ電車に乗る。

一駅で振り出し信濃町へ。ホームにはさっきまで会場にいた見覚えのある人々が。

むーん。一刻一秒を争うこの状況でなんてこった。予定より早く会場を出たのに、予定より遅い電車になってしまった。

これで品川駅での乗り換えに完全に余裕がなくなった。もう命がけで走るしかない。時計を見ながらスタンバる。走りにくいのでコートは脱ぎ、腕にかけ、ドアの前でアキレス腱を伸ばす。

代々木で乗り換え一路品川へ。

車中では品川駅構内図を睨み走路をイメージ。こんなことならナイキの運動靴を履いてくればよかったよ。

さぁ、品川着！　よーい、どんっっ！

ドアが開くと同時に走り出す。改札を抜け猛ダッシュ！　人の波をくぐり抜け突き当たりを右折。わ、急カーブに身体がついていかない！　予想より大回りをしたため壁にぶつかる。

ガチャリと不吉な音。コロコロコロコロコロっと何かが転がる。

いや、しかしそんなこと気にしている場合じゃない。私には時間がないのだ。生きて帰るには多少の犠牲は付き物だ。何か知らんが東京で生を全うしてくれ。

するとばたばたと何かが迫る音。いきなり肩をつかまれる！

わっ！　何！　何？　すみませんすみません！　何か知らないけどごめんなさい！

「はぁはぁ……ボボボボボタン落としましたよっ！　はぁはぁ……」

振り向くとそこには私のコートからぶち飛んだボタンを手にしたおじさんが。

えーっ？　わざわざ追いかけてきてくれたんですかー？　あー！　ありがとーございます！

並走しながら感謝の言葉を繰り返す。私には立ち止まる余裕はないのだ。

ごめんなさい、このご恩は一生忘れませ――――ん！

そしてホームに停まっている最終の新幹線に走り込む。

あ――――っ間にあった――――っ。

ふらふらしながら空いている席に座る。

ほっとするまもなく新幹線は走り出す。よかったー。これで名古屋に帰れる。

やれやれと思って携帯を見ると、「反対方向の新幹線に乗らないようにねー」というメッセージが。ヒヤリとしながら隣のおじさんに聞いてみる。これ、名古屋に着きますか？

「へ？　や、着くでしょう、着かなきゃ困るよ」

全身から力が抜ける。これでやっと帰れる。寿命が3年くらい縮まってしまったんじゃないか。あぁ疲れた……。あとは名古屋でちゃんと降りれば任務完了だ。やれやれ。

てな去年の顚末を話したら隣でMさんがカツサンドを食べながらゲラゲラ笑っていた。

私もカツサンドを頰張り、そういえばこれまで帰りの新幹線の中で物を食べたことさえなかったなぁ、としみじみ。

来年は一人で帰ってもカツサンドを食べながらビールを飲むくらいの余裕を持てるような、気が、してきた。

時空のゆがみにはまりこむ

時々、自分の周りだけ時空がゆがんでいるんじゃないか、と思うことがある。

自宅から車で20分ほどのところにある某体育館まで娘を送って行ったときのこと。うちからほぼまっすぐ北に行けば突き当たるその場所へは、まさに目をつぶっていてもたどり着ける単純なルート。体育館の敷地にぶち当たり、右折して左折したところで娘を降ろした。あとは帰るのみ。

体育館の周りをぐるりと廻れば元の道に出られる。元の道に出たらまたまっすぐと走れば家に着く、はずだ。

娘を降ろした場所から少し走り、左折する。そしてまた左折、そして左折。これで元の道に出た、はずだ。

なのに、なぜだか走っても走っても元の道に出ないのである。

なぜだ？

こんな単純な道でどうしたら間違えるのだ？　よく思い出せ。

家を出てまっすぐ走った。体育館にぶち当たる。右折して左折した。娘を降ろした。次また左折して左折……。

あ、ちょっと待て。あそこで道が斜めに走っていたんだ。で、もう一度左折しようとしたのだけどどんどん道が右方向に伸びていったんだ。で、曲がったよな。うん、曲がった、確かに。

だからそのうち着くはずだ。

と、進んできた道のりを反芻しながらどんどん走っていく。走っても走っても見たことのある風景に出くわさない。

出くわさないどころか、なんとなく空気が違う気がしてきた。

そして出会った標識は、知らない町のものだった。

あぁ、もうだめだ。自力では解決できない。こうなったら助けを呼ぼう。

休日なので家で寝ているはずの夫に電話する。

「ねぇ、私どこにいるんだろう?」

至福のまどろみから起こされたうえ、意味の分からない質問を投げつけられた夫は究極的不機嫌声でこう言った。

「知らん」

「まぁまぁ、そう言わないで。なんだかよく分からないんだけど、○○体育館に行った帰りに△△町に出たんだよねー。これどこかなー」

「……。元来た道を戻ってください」

役に立たないアドバイスだ。

元来た道って言ったって、どこをどう曲がったかなんて覚えている訳がない。私がそんなことといいちいち覚えているとでも思っているのだろうか。買いかぶりすぎにも程がある。いったい何年一緒にいるんだ。

ぶつぶつ言いながら電話を切る。

こうなったら自力でこの難局を打破するしかない。

よし。進もう。

少し進んで行って驚いた。

なんということだ。全く予想を裏切る展開だ。

私は東に向かって走っていると思っていたのに、なぜだか西に向かってひた走っていたらしい。自宅から見ると北西。名古屋の西の端にある庄内川に到着してしまっていたのだ。

驚いた。本当に心底驚いた。驚いたけどここからなら簡単に帰れる。いやーよかったよかった。

これぞまさに塞翁が馬だな。

無事に帰宅して地図で確認してみて分かった。

少しだけ、ほんの少しだけ方角に関するカンが外れたようだ。

数ヶ月前も同じような目に遭った。

お世話になっている某出版社の編集者さんたちと、仕事抜きで食事をすることになって。せっかくなので名古屋城観光でもしましょうという話になった。

尾張名古屋は城で持つ、っていうくらいの場所だ。名古屋人の心の支え。エセ名古屋人の私も名古屋城は好きだ。

名古屋の象徴、金ぴかの鯱《しゃちほこ》を見て頂きたい。運がよければ話題のイケメン集団、おもてなし武将隊にも会えるかもしれない。これは張り切ってご案内せねばな。

待ち合わせの場所は名古屋城の正門。確か、地下鉄の駅を出て少し歩いたところにある。さぁ、いつものように余裕を持って出かけましょう。

予定通り地下鉄の駅を降りて門に向かって歩く。

お、着いた着いた。計画より早く着いたね。

【名古屋城西門】

って、えっ！　西門ですとー？　正門じゃないのか、ここは!?　どどどどうしよう？　走って先に行ってみる。

いや、こっちじゃない。戻れ戻れ。西門の駐車場の係員のおじさんに聞いてみる。

「正門はどこですかっ？」

「えーっとねぇー、ここからは見えないからねぇー。いったん中に入ってねぇー、まっすぐ行くと間違えて西門から中に入っちゃうからねぇー、気をつけて体育館の横を通り過ぎてねぇー、ちょこっと歩いて外に出てねぇー、東に向かうと正門があるんだけどねぇー」

なんかよくわからんけど、とりあえず体育館だ。間違えて入らないように横を通り過ぎ進んで行って外に出て東に向かって、走れ走れ！

おおおお着いた着いた！　ここか正門は！

【名古屋城西門】

って、ここ元の場所やんか！　なんでやねんっ！

販元さんと一緒に待ち合わせていた同業他社の友達Yさんにメールして助けを求める。

「また、西門に戻ってしまいました！」

ここで、電話がかかってきた。

かかってきたのだが、出方が分からない。実はその数日前にスマホデビューしていたのだけど、全くもって使い方が分からないのである。電話の出方さえも分からない。あちこち触っているうちに切れてしまった。かけ直そうにもかけ方もよく分からない。うはー！　履歴履歴。頼む！　つながれっ！

逆方向に走りながら祈る。そして祈りは届いた。つながった！

既に待ち合わせ時間から20分近く経っている。ごめんなさいごめんなさい。貴重な観光時間を無駄にしてます。もうすぐ着きます、着くはずです、着くと思います、多分……。

けど、心優しい三人はこう言った。

「そこにいてください。もう動かないでください。私たちが探しに行きますから！」

体育館の横で、ぽつんとたたずむ。やけに丸々と太った黒猫が横を通り過ぎざまにニヤリと笑った。

そして名前を呼ばれて振り向く。三人の笑顔を見た瞬間身体中から力が抜ける。

あぁ、助かった……。

名古屋の西の端でも、名古屋のど真ん中でも、時々時空がゆがむときがある。

気をつけたほうがいい、と深く心に刻んだ。

新学期に起こるナゾの出来事

新学期が始まると子どもたちが学校からもらってくるいろんな書類が山となって押し寄せてきて、本当に大変だ。

この面倒くさい書類たちの中でも、一番苦手だったのが調査票に記入する地図。自宅から学校までの地図を描かなければならないのだけど、これがまぁ難しいったらありゃしない。普段何気なく通っている道。何気なく通っているから、何本目かとか、信号はいくつとか、さっぱり分からないのである。

最初に描かされたときなんて道の数も信号の場所も全く思い出せなかったので、仕方なく一本線で自宅から学校まで描いていたら、後ろを通りかかった夫が書類を取り上げて叫んだ。

「なんじゃこの一筆書きみたいな地図！」

文句を言うなら描いてください、ということで謹んで譲り渡した次第。

夫は定規片手にさくさくと道を描きこみ、あっという間に完成。すごいのぉ。

もしかして普段から信号の数なんぞを数えながら道を走ってるのですか？　おみそれしました。

それからは毎年子ども二人分の地図記入は夫の仕事となった。

しかし、最近は便利になったもんでネットでちゃちゃちゃっと地図を呼び出しプリントアウトして切って貼ってあっという間に出来上がりだ！　これなら私にだってできる。かかってこい調査票、の地図。

この調査票のほかにもあれこれと提出する書類が押し寄せてくる。

たとえばクラブ所属届け。毎年「私誰々はどこどこのクラブに所属希望します」という届け出をしなければならない。

あれは娘が中学二年生のときのこと。

部活が終わった後、娘は顧問の先生に呼ばれて職員室に。

「なんか悪いことしたかなぁ」と恐る恐るドアを開ける。

と、娘の顔を見ながら先生がおっしゃった。

「今年1年間、オレはお前のお父さんに剣道を教えなければならないらしい」

つき返されたクラブ所属届けにしっかりと書かれた夫の名前。ご丁寧に印鑑も押してある。うはは。

いや、書類っていえばつい夫の名前を書きたくなるのが妻の性。癖で夫の名前を書き込んでしまったのだな。すみませんねぇ。

でも書き間違いってことは見たら分かるでしょうに。先生もちょちょちょいっと書き直してくれればいいのにさぁ、などと自分の失敗を棚に上げて八つ当たりなんぞしてみたりして。

書類ではないけれど、何かと集金があるのも新学期。

ある日、参考書だか何だかの請求があって。ハンパな金額だったのでおつりのないように封筒に入れて持たせようとテーブルの上を見たら、ちょうどいい具合に茶封筒が。

よしよし、これに入れて持って行きなさい。

と、夕方帰宅した娘がすごい剣幕でまくし立てる。

何を言ってるのか全然分からない。とにかく落ち着け。話せば分かる。

まずは手を洗ってうがいしていらっしゃい。

「もぅ――――っ！　めっちゃ恥ずかしかったやん！　何あの封筒！」

さて、何あの封筒って言われても何が何やら分かりませんが。何か不都合でも？　部活の帰りに今度はクラスの担任の先生に呼び出された、と。何だ何だ？　とびくびくしながら職員室へ。

「申し訳ないけど、クーポン券では払えないってお母さんに言ってもらえませんか」

あ――――っ！　思い出した！

近所のスーパーで買い物をするたびにクーポン券を貰うのだけど、使うのが面倒臭くてあちこちに放置してあったんだ。それを茶封筒に入れて誰かにあげようと思っていたのだったよ。

今朝の茶封筒はそれかっ！

さらにどうやら娘に持たせたお金はなぜか少し金額が足りなくて、そこにスーパーのクーポン券が同封されていたのだ。これはどうやっても誤解されるシチュエーションだわな。

まったくもって悪気のかけらもなかったのですよ。重ね重ねすみませんねぇ。

あと、なぜか分からないのだけど、娘のクラスへの提出書類に1年間ずっと年号を間違えて記入し続けたこともある。

3年前、平成21年は2009年だった。まぎれもなく2009年は平成21年だ。

なのに、その年、ずっと日付に「2021年」と書き続けていたのだ。

西暦と元号がごっちゃになっただけのことなのだけど、ちょっと見、「バック・トゥ・ザ・フューチャー」か「時をかける少女」かってくらい斬新だ。

しかし、2021年問題はもっと大きなナゾをはらんでいた。

同じ年に提出していた息子の書類には全て正確に2009年と書き込んであったのだ。

なぜ、娘の書類だけに未来の日付が記入されていたのか。今もってナゾだ。

宿敵は名城線

人には越えなければならない壁がある。

私も今までの人生で何度もそういう壁にぶち当たり、その都度悩み苦しみ努力し、目の前に立ちはだかるその巨大な壁を乗り越えたりつき抜けたりしてきた。まあどうしても越えられず、あきらめて別の道を歩いたことも少なからず、ある。

そして、未だに乗り越えられずにいる壁のひとつに、「名城線」というものがある。名城線。読んで字のごとく、名古屋城の近くを通る地下鉄のことである。

この名城線というのはちょっと複雑なつくりをしていて、一言で言うなら環状線なのだが、ただの円ではなく、しっぽが生えているのだ。

その形状は「右斜め上に向かって泳ぐおたまじゃくし」を想像してもらうとほぼ一致する。

右斜めてっぺんにあるおちょぼぐちが大曽根駅で、尻尾の先が名城線にくっつく名港線の終点名古屋港駅であり、大人になると消えるしっぽの付け根がこの名城線を複雑怪奇な路線たらしめている金山駅《かなやま》である。

この名城線が名古屋のど真ん中をくるくると回っているただの環状線ならこんなにも多くの人が違う場所に行ってしまったり、逆方向に行ってしまったり、戻ったつもりが別の線に乗っていたり、などということにならずに済んだのにと思う。

しっぽだ。すべてはこのしっぽのせいだ。

名古屋の人にしか分かってもらえないのが残念なのだけど、このしっぽの付け根、金山駅で乗り換えるのは一苦労なのだ。

金山駅にはJRも名鉄も通っているのだが、それは改札を出て乗り換えるのでそんなに難しくはない。

たまに名鉄とJRとを間違えるけれど、それも電車を見れば間違えたことに気づくから大丈夫だ。名鉄電車は、赤い。

問題となるのはなんと言っても、地下鉄。

この環状名城線には右回りと左回りがあるのだけど、まずこれがよく分からない。

たとえば、金山から新瑞橋《あらたまばし》に行こうと思ったとき、路線図でみると新瑞橋は金山の右方向にあるのに左回りに乗らなければならないらしい。

Meijo Line
名城線
名港線
Meiko Line
のりカエル
桜通線
久屋大通
8
20
市役所
22
名城公園
24
黒川
22
志賀本通
のりかえる!
上飯田線
21
平安通
のりかえろ!
20
大曽根
名鉄線
ゆとりーとライン
19
ナゴヤドーム前矢田
のりかえ
ゆとりーとライン
17
砂田橋
15
茶屋ケ坂
13
自由ケ丘
のりかえ
東山線
11
本山
10
名古屋大学
8
八事日赤
のりかえよ
6
八事
鶴舞線
4
総合リハビリセンター
2
瑞穂運動場東
のりかえないの?
0
新瑞橋
スタート
ママまた?
桜通線
フフフ
17
栄
のりかえなさい
東山線
エッ ココ?
キャー
のりかえ
矢場町
15
14
上前津
あっち? こっち?
そっちよ
鶴舞線
東別院
12
のりかえ
金山
10
名鉄線
おいで
Book
8
西高蔵
6
神宮西
5
伝馬町
3
堀田
1
妙音通
あっ 帽子がない!
日比野
12
六番町
14
東海通
16
17
港区役所
築地口
19
名古屋港
20
○の中の数字は新瑞橋からの時分
1番線 左まわり
2番線 右まわり

瞬時の空間認知能力を試される、という一時も気の抜けない恐ろしい路線なのだ。

そしてしっぽ状の名港線への乗り換えが絡んでくると、もうお手上げ状態になってしまう。

金山の駅のとあるホームには、なぜか同じ行き先の電車が両脇に止まっている。

通常「乗り換え」と言われればホームを移動すると思うだろう。思うのだよ、普通は！　一般ぴーぽーは！　いたいけな主婦書店員は！

数ヶ月前、新瑞橋から六番町へと行こうとしたときのこと。

まずは金山駅で降りた。ここで乗り換えだからな、とホームを移動してやってきた電車に乗った。

そうしたらなぜだかさっき出発したはずの新瑞橋に着いていたのである。

まったくもって意味が分からない。

降りたホームで反対側の電車に乗ったら、元に戻った、というのなら理解する。

そりゃそうだ、仕方ない、とうなずく。

なのに、なぜ移動したのに元の場所に戻るんだ？　どうなってるんだ名城線！　と怒りに震えながらもう一度反対側から電車に乗った。

そして金山で降りた。さっきはホームを移動したから間違えたのだ。だから今度は移動せずに向かい側の電車に乗ればいい、と思うだろう。思ったので乗ってみた。

そうしたら今度は栄に着いた。栄というのは名古屋の華。繁華街。中心街。大都会。そして図で考えるとおたまじゃくしの背中あたりになる。つまり、しっぽの付け根からしっぽの先に向かって行ったつもりが背中に上っていったということだ。

そう、これは新瑞橋から乗り、金山で乗り換えても、乗り換えなくても同じ行き先にたどり着くというトラップだったのだ。

まったくもって意味不明である。

もっと恐ろしいことに、栄からしっぽに行こうとしてもかなりの確率で別の場所にたどり着いてしまうのである。

ちなみに最初に書いた新瑞橋から六番町に行こうとして失敗した日は、途中であきらめて金山からバスに乗ることにしたのだ。

傷口が浅いうちに手を打つ、これは危険がいっぱいのこの世の中を無事に渡って行く上で大切なことだ。

それなのにやって来たバスの運転手さんに念のため「○○町に行きますか？」と尋ねたら、「それは通りを渡って向こう側のバスですわ」と言われてしまった。知っている行き先のバス停で待っていたというのに……。

この時点ですでにバス停で20分ほど待っていたのだ。ようやく来たバスに別のバスに乗れと言われるなんて誰が想像しようか。

うつろな瞳のまま通りを渡り、言われたバス停に向かう。

しかしそのバスは数分前に出たばかり。次のバスが来るまで20分。おーまいがー！もうイヤだ！　無理！　疲れたし眠いしおなか空いたし。

でも私は行かねばならないのだ。というか、家に帰らなければならない。

ということでまた地下鉄に戻り、駅員さんにホームを教えてもらい、やっとのことで目的の場所、マイホームへと帰り着いたのである。

スムーズにいけば45分ほどでたどり着ける距離である。サッカーなら前半戦が終わったころに着くはずの旅程なのに、一ゲームが終わりPK戦にもつれ込み守護神のスーパーセーブで一歩も譲らず超興奮状態の続くさなかにヘロヘロで帰り着いた、という感じである。

本当に心底意味が分からない。
私の時間を返してくれ。名城線。

20歳で知った完全なる敗北

「学生の本分は勉学である」というのが我が家のモットーだったので、学生時代アルバイトには縁がなかった。

いや、正確に言うと四つ、経験がある。経験はあるのだけどそのうちの二つは単発バイトなので、経験があるというほどのものではない。

生まれてはじめてのアルバイトは高校生対象の模擬試験の監督官。

朝9時から3時まで試験問題に苦しむ高校生たちを会場の後ろで監視する、という体力も知力も技術も必要としない楽勝バイトであった。拘束6時間あまりで5000円だったと思う。

クラブの仲間四人で参加したこのバイトは、帰りにみんなでボウリングに行き焼肉を食べに行ったらもらったお金すべてがなくなったという、1日がかりで遊んだみたいなものだった。

二つめのバイトは近所にある某国立大学で行われる教育関係者の学会のお手伝い。

そろいのTシャツを着て、まずは受付嬢。ぞろぞろと全国から集まるセンセイ方の名前と所属を確認し資料を渡していく。必要なのは笑顔。

受付が終われば各教室に二人ずつ配分される。分科会という名前の発表会会場でプロジェクターを操作したりストップウォッチ片手に残り時間1分でベルを鳴らしたりする。

このベル鳴らしがなかなか大変で。うっかり発表に聞きほれていたりすると時間を過ぎていたりなんてことも。

また質疑応答が白熱しているさなかに水をさすのもアレだし、でも時間だし、と小心者の私なんぞ口から出かけた心臓を飲み込みつつ無情のベルを鳴らし続けることになる。

そんな過酷なお手伝いも2日間で1万円くらいだったか。このお金は多分夏休みの合宿費用に充てたんじゃないかなぁ。覚えてないけど。

そして三つめのバイト。これは実は私の学生バイト最長不倒期間を保持しているのである。

なんと1年間も続けていたのだ。続けていたのだけど月に二回だし、1時間半だし、働いた時間にすると全然たいしたことないのだけど。

内容は、児童相談所の学生助っ人。

病気や触法行為により月に二回、児童相談所に通ってくる子どもたちと一緒にいろんな活動をする、というのがそのお仕事内容。活動時間は1時間半。その時間内に数人の子どもたちと私とセンセイと呼ばれる指導員さんとで主に身体を使った遊びをするのだが、これが結構楽しい。

炎天下のサッカーや真冬の野球は現役アスリート（実はへなちょこアーチェリー部員）の私にぴったり。ヘロヘロのセンセイを横目に全力で遊ぶ。汗だくの女子大生はいかがですか？

しかし、この学生助っ人。バイト代というか謝礼が数百円で電車代を差し引くとマイナスになる、という恐ろしいバイトであった。

行けば行くほどお金が減るのである。うはは。

でも電車で窯元に行きお皿を作ったり、活動が終わってセンセイと子どもと親御さんが面談している間に事務所でおやつを食べながら所長さんと世間話をしたりと、普段あまりできない経験をさせてもらい、これも社会勉強、貴重な体験、お金を払ってでもすべきバイト、であったかも知れない。

そして四つめのバイト。

実はこれがバイトらしいバイトといえば一番そうだろう。

なんといってもバイト先が「お弁当屋さん」である。学生らしいじゃないか。

ある日、下宿先の先輩から声をかけられた。

「かおりちゃん、バイトしてなかったよね。就活で地元に帰ってる間、ちょっと代わりにバイトしてくれない?」

バイト先は下宿のすぐ近くにある独立系お弁当屋さんである。

その先輩は一年生のときから週に3日ほどそこで働いていたのだけど、いつも残ったおかずやら消費期限ぎりぎりのパンやらを下宿で配ってくれていた。

ステキだ。働いてお金をもらってパンまでもらえるなんて。

やってみよう。やります、私がんばります!

しかし初日から途方にくれる私がいた。

キャベツの千切りだ。千切りというだけあって細く切らなければならない。山ほど積まれた丸ごとキャベツ。それをひたすら切るのである。ムリだ……。百切りくらいならなんとかなる、でも千なんて千なんて。

おばちゃんがシャッシャッシャッシャと軽やかに手本を見せてくれるのだが、私がやるとダンッ…ダンッ…ダンッ…ダンッ…と骨付き肉でもぶった切ってるのかというほどの重々しい音が響く。

しかも短冊並みの太さ。

これじゃお弁当に入れられないと、私が切った短冊を隣でおばちゃんが細かくしていく。二度手間だし、時間のムダじゃない？　と、自分のせいなのにぶつぶつ文句を言う。心の中で。

それでもなんとか大きなボウルに山盛りいっぱいのキャベツが出来上がる。へとへとのまま今度は唐揚げ。

「肉は大きく見えるように広げて油に入れてね」

いや、広げろって言われてもねちゃねちゃしてて気持ち悪いんですけど。しかも油が熱いし。

ハネが怖くて遠くから投げ入れていたら二個入れたところで揚げ物係から左遷。

次はご飯盛り付け係に任命される。これなら大丈夫。器にご飯を入れるだけだもんな。幼稚園児でもできるわい。

が、しかし。実はご飯も量が決まっていたり盛り付け方にルールがあったりするのである。決まった重さ分を多くみせるためにふんわりっと盛り付けろと言われるのだがこれがまた難しい。

あぁ、ムリ。ついついぎゅっと詰めてしまい見栄えがよくない。はぁ……。

それでもがんばったんだ。がんばったんだよ。

なのに週3日勤務の予定が週に1日で良いと言われる。

そしてしばらく経ったときに地元に帰っている先輩から電話がかかってきた。

「自分で頼んでおいて何なんだけど、かおりちゃん今月いっぱいでいいみたい……。ごめんよ」と。

クビか。クビなのか。

たった数ヶ月で私の何が分かるというんだ。技術はまだまだかも知れないけど、努力は才能を凌駕する、かも知れないではないか。もう少し、もう少しだけ。

私の願いもむなしく別の後輩が次の月からバイトを始めた。彼女はキャベツの千切りを難なくこなし、唐揚げもさくさくと揚げられるとか。

週3日びっちりと働き、下宿でおかずの残りやパンをせっせと配るその姿に、完全なる敗北をみた。

28分先を生きる

メカには強いほうだ、と思っていた。

新しく何か機械を買ったときも、さほど苦労せずに使いこなしてきた、つもりだった。

それまでの人生で機械の操作で困ったことなんて、なかった、はず、だった。

それが、なぜだか分からないが困ることが多くなった気がするようなしないような……。

気付いたのはビデオカメラだった。

結婚のお祝いに親戚に買ってもらってから普段の何気ない風景を撮りまくり記録に残しまくり。山ほどの映像はその後ほとんど全く一度も見返すことなんてないのだけど。

普通に撮るだけじゃなく、技の名前は忘れたが自然に映像が始まったり終わったりするようにしてみたり、わざとぼかしてみたり。そんな風に使いこなしていたはずだったのだ。カメラを。

それが、子どもが生まれてカメラの出番が俄然増えてきたころから何かが変わった。記念すべき式典、入園式とかお誕生日会とか運動会とか、そういう大切なときに限ってカメラが動かない。

スイッチを押して主役にズームした瞬間ブラックアウト……。な、な、なにーっ！　と、カメラを振ったり叩いたり撫で回したりしても動かない。何が起こったんだ！　と、わたわたしている間に出番は終わり。出るのはため息のみ。

帰宅した夫に見せると、

「充電切れてる」

とヒトコト。

あ。充電。そか充電か。

同じ失敗は二度と繰り返さない。次の出番のときには、2、3日前から充電器につなぎフルに充電。バッテリー満タン。さぁ来い！

「ただいまより選手入場です！」

おおー！　がんばれがんばれ！　スイッチオン！

もう、仕事先の人間関係がストレスよ
気にしすぎかしら。かおりはどう？
フムフム
時計？
気になるといえば時計ね…
なぜか最近、まわりの時計がどんどん進んじゃうのよね
……
腕時計も家の電波時計もよ。
車なんて20分以上。
あわせてもこうなるの。
まあ、遅れるよりはましよね…

ジ―――。ぶちっ……。

え？　なに？　充分充電したってば！　何よ今度はっ！

あ、テープか？　テープが終わったのか？　思わぬ伏兵……。

今度こそ今度こそ、同じ失敗は二度と繰り返さない。バッテリーの予備とテープの予備を買う。これでもう完璧だ。

ベストポジションを確保し、三脚も立てて完璧に最初から最後まで録画。

おお。今度こそかわいい我が子のいじらしい笑顔がたくさん映っているはずだ！

かわいい映像を家で見ようとしたら、そこに映っていたのは息子の出番が終わったあとからケースにしまうまでの様子。

そして、暗闇。

なんだこれ。まったく意味が分からず呆然と画面を見つめる。記憶をたどる。

あ……。

録画スイッチを押し忘れたのだ。そして録画を止めたつもりがスイッチオンされたんだ。だから前に座っていたよそのお母さんの背中を10分ほど映し出したあとケースにしまわれ、暗闇の中でじっと動き続けていたのだ。

なんと、なんとけなげなんだ、カメラ。

けれど、そんな失敗ばかりではなく、きちんと録画され記録されたたくさんの笑顔もあるのだ。あるのだよ、ちゃんと。

三代目になったビデオカメラ。つい先日も娘の剣道の試合を撮ろうとしたら「カードを交換してください」とメッセージが。

カ、カ、カ、カ、カードってなに⁉　交換ってどういう意味？　うひゃー！　とあわてているうちに試合は終わってしまった。

いや、キミのあのすばらしい試合は私の心の目にしっかりと焼き付けたから、うん。大丈夫だ。……。いや、あの、その、ごめん……。

きっと、ビデオカメラとの相性ってのが悪いんだよ。私の前世はマスコミ嫌いの美人女優だったのだ、きっと。うん。

カメラと同じように、なぜか相性が悪いのが、時計。

時計というのはほとんどが電池で動く。使っているうちに電池が減って少しずつ時間が遅れていく。遅れてきて、あぁ、電池交換しなきゃな、と気付く。のが、普通だと思うのだけど。

なぜだか、私の近くにある時計はどんどん進んでいってしまうのだ。先に先に。

自宅で私がほとんどの時間を過ごすダイニングの壁にある時計。これはたいてい10分ほど進んでいる。決して進めているわけではない。勝手に進んでいくのだ。そして電池が減っていくと遅れる間もなくいきなり止まる。なんなんだ、この時計は。

腕時計はほとんどが5分進んでいる。これも進めているわけではなく勝手に進んでいく。

時々時報であわせるのだけど、気付くとまた5分進んでいる。まぁ、遅れるよりはいいけどさ。

毎日、朝起きるのに使っている目覚まし時計。これは電波時計という最新兵器。電波時計ってのはすごいもんだ。勝手に外から飛んでくる電波を拾って自分で時間を直すんだからな。これでいちいち時報を確認しなくても正確な時間が分かる。

と、喜んでいたのだけど、どうやらこの電波時計、電波を拾うのがへたくそらしい。電波受信中というマークが延々と続いている。どんだけ電波探してるんだ。

そして気付くと時間は進んでいる。

窓際のほうがいいかもしれない、と場所を移動しても、いつの間にか進んでいる。

まったくもって意味が分からない。うちの近所だけ別の電波が届いているのか？そして愛車たま号の時計。これは最大で28分進んでいた。28分といえばほぼ30分。30分といえば1時間の半分だ。そんなに進んでいる時計なんて時計と言えるのか！

誰かを車に乗せるとほとんどの人が時計を見てぎょっとする。そして自分の携帯電話で時間を確認する。

これは結構笑える。笑えるけどいちいち説明するのが面倒くさい。

面倒くさいけど説明しないと、28分も時計を進めている変な人、と思われそうで困る。

なので車に乗せた瞬間に「この時計は28分進んでいるけど気にしないでね」と言うことにしている。

直せばいいのに、とよく言われるのだけど、直し方が分からないのだから仕方がない。あちこち触ってみるのだけど、時計の時間は変わらない。融通の効かない時計相手にあれこれ文句を言っても仕方ない。

こちらが慣れるしかないってことなのだろう。人生何事も慣れだ。

だが、数ヶ月前、たま号の時計は車検によって正確な時間となって戻ってきた。28分進んだ時間に慣れていた身には正確な時間というのはちょっと焦る。世間の時間よりも28分も早く動いているのだから、余裕の塊だったのに、きちんとした時間で動き始めるとこれはもうなんというか崖っぷちみたいな感覚。早目早目をモットーとしている身として由々しき状態。

と思っていたら車検から数ヶ月で再び時計は律儀に進みだした。現在は5分先の時間を生きている。あと23分だ。

がんばれ、時計。

ただ免許を書き換えたかっただけなのに

誕生日の1ヶ月くらい前に免許証更新ハガキが届いた。

今度の休みに行こう、そのうち行こうとのばしのばしにしているうちに期限が迫ってきた。

やばいやばい、行ってきます！

名古屋人はほとんどが平針《ひらばり》というところにある運転免許試験場に行くのだが、ここがものすごくものすごく混むのだ。

なので5年前の更新の時に、即日交付はできないが、とっとと手続きの済む某区の警察署に行ったのである。

これがもう快適で、あっというまに終わってしまった。こんなに早く終わるならわざわざ平針まで行く必要ないじゃん？　時間とお金の無駄だわい。

ということで、今年も某区の警察署に行ったのである。

記憶とは少し違う場所にあったので少し迷ったりしつつ、車を停めて受付でハガキを出すと、係のお姉さんが申し訳なさそうにこう言った。

「あー、ひさださん、申し訳ないけどねぇ、ここでは更新できないのよー。これね、違反してるでしょ？　違反者は平針に行ってもらわないとねぇー」

おーまいがー！　嘘でしょー！　そんなことどこにも書いてないよぉ！

しかもお姉さんは時計を指して「今からなら午前中の受付に間に合うから大丈夫」と。

え？　それは私に車で平針まで行けと言ってるのか‼　ムリムリムリムリムリムリムリ！

とりあえずまずは家に帰ろう。

駐車場から車を出し、一路自宅へ。

急いでいたので、出る方向を間違えた。

わ、どうしよう知らない道だ。知らない道だけど、たぶん前のトラックについていったら大通りに出るだろう、うん、だってトラックだもんね。

が、前を走っていたトラックはすぐそばの工場の駐車場に入っていってしまった。

空を見上げ、太陽で方角を確かめようと思ったのだけど、今は夏。

太陽はほぼ上にあるので、あてにならない。

仕方ない、カンでいくか。

10分ほど走ると見覚えのあるような雰囲気の道に出た。あぁよかったよかった、もう大丈夫、帰れるぞ。

家に走り込み、ほっとするまもなく時間を調べ、バスに飛び乗る。


バス→東山線→鶴舞線→そしてまたバス。


順調に乗り換えをこなし平針駅へ。そしてバスに乗ったほとんどの人が運転免許試験場で降りた。

控えめに出口に立っていた私を先頭にぞろぞろと試験場内へ。

建物が二つ。どっちだったかなー。と思いつつ近いほうへ。

後ろに人がついてきている気配。うん、みんながついてくるからこっちで合ってるな。

建物の前でふと後ろを見ると、私と後ろについてきていた数人以外は別の建物に入っていく。

あれ？

立ち止まった私を見て、数人も振り向く。しばしの沈黙。

「チェッ！」

舌打ちとともにみんな戻っていく。

え！　そっち？　えーっ？　私のせいなのー？　勝手についてきたんじゃん！　もうっ！　とふてくされながらも早足で追いかける。やれやれ。

中に入って思い出した。そうそう、ここだここだ。

あとはベルトコンベアで運ばれる部品のように、申込書を購入したり目の検査をしたり写真を撮られたり。

この調子だとあっという間だな、いや疲れた疲れた。

時計をみると11時半。今朝の予定だともうのんびりと家でくつろいでいるはずの時間。こんなに遠くまできてしまって、えらい目に遭ったなぁ、とゆるゆると講習教室に向かうと、なんと、次の講習は40分後。

うわーどうするよ。暑くて外に出る気にならない。仕方ない本でも読むか……。

と、突然の教官の大声で目がさめる。びっくりしたなぁ。あ、寝てたのね。

ふあぁ、気持ちよかったぁ。しかし眠いのぉ。

ぼにゃりとしていると教官と目が合った。
「講習の間、寝ている人と携帯を触っている人には免許証渡せませんからね！」
あ、すみませんすみません、マジメに聞きます、はい気合を入れます。
約1時間のビデオ&講義のあと無事に免許証を受け取る。
はぁ、やれやれ、終わった終わった、さぁ帰りましょう帰りましょう。
試験場を出てバス停を探す。探す、が見つからない。え？　なんで？
普通なら降りたバス停の反対側辺りにあるよな。あるはずだよな。なのに、ない！
なんでなんで？　どうゆうこと？
仕方ない、平針駅の方向に向かって歩くか。途中で次のバス停が出てくるだろう。
灼熱の太陽の下、汗だくで歩いていると前方にバス停らしきものが。
あったあったよかったよかった。
と、ふいに後ろからバスの気配。うわー、やばいやばい！
乗り遅れたらきっと何十分も待たされる！　全速力でバスと並走。
へろへろの身体で乗り込む。
ふわぁ〜助かったぁ。冷房吹き出し口を自分に向けて一息。

これで来たのと逆にたどれば家に帰れるぞ。

すると、突然バスが左折した。

ちょっと待て。いくら私が薄ぼんやりな人間でもほんの2時間前に通った道くらい覚えているぞ。平針の駅から試験場までまっすぐだったはず、なんで左折なんてするのさ！

どこ行くんだこのバス？

聞いたことのないバス停をいくつも通り過ぎるうちに運転手さんの上に行き先が出てきた。

「新瑞橋」

出た！　魔の名城線！　うーん。なんでそんなところに向かっているんだ？

さっぱり意味が分からんぞ。

でも、まぁ、地下鉄の駅ならなんとかなるだろう、諦めるか。

諦めてぼーっと窓の外を見ていたら、なんと知っている本屋さんの前を通り過ぎた。

おおおお！　なんだ、ここだったのか！　と思わずボタンを押して飛び降りる。

位置関係がさっぱり分からんのだが、とりあえず知ってる場所に出たことだしと、記念に写真を撮ってからお店に入る。

入店した私を見てにやりと笑ったのは名古屋が誇る寡黙イケメン店長Gさん。

やーやーどももどもとお店の中を見てまわる。

あれこれ本を手に取ったり、イケメン店長Gさんと業界話をしたり小一時間過ごす。

4冊ほど購入し、さてさて帰るとしましょうか、一路家へ。ようやく家へ。やっとこさ家へ。

しかし、名城線だもんなぁ。また金山で迷うのかー。イヤだなー。

と思いつつ駅に入るとそこに「桜通線」の文字が。

お。そかそか。その手があるじゃないか！　これなら難所金山を通らずに帰れるぞ。うほほほほ。

これまたタイミングよくすぐに電車がやって来た。

名古屋駅で降り、あおなみ線に乗り換え、ようやく、ようやく、ようやく、家に着いた。

あぁ疲れたぁ。ホントに長い1日だったなぁと、時計を見ると、朝、家を出てから7時間半も経っていた。

当たるときゃ当たるのだ

かつて、ものすごく、くじ運が、悪かった。

ジャンケンなんかは結構強かったし、ツイテないなぁ、なんて思うことはあまりなかった気がするのだけど、くじ運だけは悪かった。当たって欲しい懸賞や応募には全く当たらず、当たりたくない面倒くさい何かの当番役はしっかりと引き当てる。天からの試練か！　と思うほどにくじの女神からは見放されていた。

小学生のときCMで見た清涼飲料水の商品がどうしても欲しくて、夏休み中そればかり買い続け、休みの終わりに3枚ずつプルタブを貼り付けた20通のハガキを投函。こんなに出したんだからひとつくらいは当たるだろう、とホクホクと発表を待った。けれどどれだけ待っても商品は届かない。いつかきっといつかきっとと待ち続けて1年後、次のキャンペーンが始まった。

いたいけな心は深く深く傷ついた。

またあるとき高熱を出して寝込んでいたら、珍しく母親がコミック誌を買ってきてくれた。

基本、我が家はコミック禁止なので非常にうれしくて、途中から始まり途中で終わるマンガをとりあえず最後まで読んだ。

そして巻末にあった全員プレゼントにワクワクしながら応募してみたのである。

熱にうなされながら住所氏名年齢を書き込み応募シールをペタリと貼り、母に頼んで出してもらった。

いつ届くか、いつ届くかと心待ちにすること数ヶ月。

しかしいつまで経っても届かない。そんなわけがない！　全員プレゼントだぞ。全員プレゼントって全員に当たるんじゃないのかっ！　なんなんだ、なにが悪いんだ！

やり場のない怒りに震えながらも世の中の不条理と絶望の闇を知った12歳の冬であった。

そんなくじの女神に見放され続けた日々はある日をもって終わりを告げた。

そう、結婚である。

結婚して名前が変わった。名前というか苗字だが、この変化が驚くべき効果を引き起こし始めたのである。

結婚したてで専業主婦だったある日、何気なくつけたテレビから「プレゼントのお知らせです！」という声が聞こえた。

応募者プレゼント。私には縁のないもの。どうせこんなものに応募したって当たりゃしないんだよ。当選の発表は発送をもってかえさせていただきます、だ？　んなもん絶対に送ってないって！

そう悪態つきながらもあまりにも簡単な応募先住所に惹かれ思わずハガキを出してしまったのである。

そして数週間後、見慣れぬ差出人から封筒が届いた。

「○○テレビ放送事業所」。え！　テレビ局？　なんだなんだ？

クビをかしげながら開封すると、そこには「ご当選おめでとうございます！」の文字が！

うひょー！　当たったー！　当たったぞ――――！　なんか知らんが当たったぞ――――！

あまりのうれしさに思わず実家に電話。母と喜びを分かち合った後、封筒の中身を確かめると、出てきたのは「たこ焼き60個引き換え券」。

たこ焼きですと！　しかも60個ですと？

これまでのアタクシの人生で食べてきたたこ焼きよりもはるかに多いぞ、その数は！

30個券が2枚入っていたのだけど一度に食べるには30個でも相当だよなー。でもせっかくアタクシが勝ち取ったたこ焼きなんだからやっぱ引き換えに行こう。

ということで次の休みに夫と出かけた。もう場所も覚えていないけれど、確か車で30分以上も走った気がする。たこ焼き求めて30分。

5個入り6パック。

うほうほと持ち帰りさっそくいただく。名古屋のたこ焼きはしょうゆ味か。ふむふむ、なかなか美味じゃの。さすがテレビのプレゼントに出すだけあるよな。

もごもごと食べ続けること20分。夫が言った。

「もうええわ」

そりゃそーだ。夫は4パック、つまり20個食べていたのである。アタクシはといえば、1パックでギブアップ。

すんません、もう食べられません。

あと5個。どうする？　うーん。夜のデザートにでもするか。

しかし、その5個はその夜に食べられることなく、1個ずつラップで包まれ冷凍庫にイン。

そしてそのまま冷蔵庫が壊れて買い換えるまでそこに存在し続けることとなった。

残りの30個は？　それは封筒ごと引き換え券のまま忘却の彼方へ。

それから数ヶ月後、再び聞こえる声。

「プレゼントのお知らせです！」

おう、またか、仕方ない応募してやろう。

数週間後封筒が。

中を開けると「ご当選おめでとうございます！」の文字と「伊豆、花の旅ペア旅行券」のチケットが！

をを！　すごすぎる！　当選率百パーセントではないか！　なんてこった！

そうか、結婚前のあの不運はこのときのためのマイナス貯金だったのか。もしかするとアタクシの背中にはくじの女神がおんぶされているのかも知れない。人生楽ありゃ苦もあるさ、だな。

この後も豪華特等船室苫小牧往復チケットやらポケモンゲームカセットやらメロンやらスイカやらトイレットペーパーやら次々と当たる当たる当たる。

あまりにも当たるんでちょっと怖くなるほどだ。

しかしここで欲をだしたらきっと女神のご機嫌が損なわれてしまうに違いない。ここはまた控えめに控えめに。

ということでお米10キロを最後に懸賞には応募していない。

それというのも、虎視眈々と狙っているからである。運を貯めて貯めて貯めるのだ。

急にアタクシが消えたら思って欲しい。

「当てたんだな。アレを。5億のアレを」と。

ムシムシパラダイスは雪男を呼ぶ

名古屋は政令指定都市である。人口は226万人を超えている。

つまり、大都会である。

そんな大都会にうちの店はある。

もっと言えば店のすぐ近くに旧東海道が走っている。お江戸日本橋から京の三条大橋までつながっている日本の大動脈、今でいう国道一号線がすぐそばを走っているのである。

そんな大都会にあるのに、なぜかうちの店にはムシが多い。

夏ならセミやら蚊、秋ならトンボ、そして1年を通してハチが、縦横無尽に飛び交っている。

夏の間、店の壁に止まっているセミたちがうるさくて仕方ない。うるさくて仕方ないけれど、大音響で生の歌を奏でる姿にはそのはかない命を思い、胸が熱くなる。

そして今年店の大改装をしてからめっきり減ってしまったのだけど、捕獲した総数でいったらダントツはダンゴムシであろう。

朝な夕なにかけるモップによって、それぞれ十数匹ずつの丸い玉が寄せ集められる。それが毎日集められるのだから、一大ダンゴムシ帝国が店のどこかにあるんじゃないか、とさえ思えてくる。

しかも、朝は店の北側に、夕方は店の南側にヤツらは潜んでいるのである。

多分、朝に北側の什器の下にある自宅から出勤し、夕方まで南側で仕事に励んでいるのだろう。

その途中でモップに絡め取られ、人生、いや、虫命を全うしてしまうのだろう、悲しいな、勤め虫。

そして、私はこの店の中でとあるムシに生まれて初めて出会った。

そのムシの名は「オケラ」。

小さいころから歌の中では親しんでいたけれど、その姿は一度も目にしたことがなかった。

その幻の虫、オケラが、なんと政令指定都市名古屋の国道一号線の近くにある我が店に出没するのである。これは驚異以外のナニモノでもないだろう。

しかも、毎年夏になると出てくるのである、店の中に。一匹だけ。どこから来るんだ。どうやって入ってくるんだ。途方もないキケンを犯してまでなぜうちの店にやってくるんだ。もしかすると毎年同じオケラが何か大切なことを伝えにやってきているのではないか？

不思議だ。不思議で仕方ないけれど、不思議といったらオケラの身体のほうが不思議で仕方ない。

ヤツはムシのくせに身体が柔らかいのである。

や、別に立位体前屈がマイナス、とかI字バランスができるという柔らかさではなく。バッタやカマキリのような雰囲気を醸しているのに、その身体はなんともいえない柔らかさに包まれているのである。

しかも、目がない、らしい。あるのかもしれないが見たところ目が在るようには見えない。そして手が変だ。異様に大きく、いつもパーを出している。

ドラえもんとじゃんけんをすれば常勝である。

どうやってそんなに詳しく観察したかというと、うちの店には生き物担当スタッフがいて、彼女はムシだろうがなんだろうが素手で鮮やかに捕まえてしまう。そしてありがたいことにシュリンク用の袋に入れてわざわざ見せてくれるのである。

非常にキモチワルイし、メイワク……。

数年前の冬、記録的豪雪で店の前の駐車場も雪で埋まって開店休業状態となった日のお昼ごろのこと。ムシムシパラダイスの当店に、激しい侵入者がやってきた。

出勤しているスタッフで手分けして駐車場の雪かき作業をし、やれやれ、と一息ついたその不意を衝かれた。

入り口のドアが開いた。

開いたのに誰も入ってきた気配がない。

ん？　と思ったその瞬間、白い物体が店の中に転がり込んできたのである。

ぐわっ！　雪だるまかっ？　イエティかっ！

スタッフ全員が、そして店内にいらしたお客さま全員が凍りつく。

カチャカチャという音を響かせて白い物体は店の中を駆け巡り始める。

急いでフロアに出て物体を追う。物体は滑りながら棚に激突し、そしてまた方向を変えて走り回る。

犬かっ！

それは雪を身体中にまとわりつけ丸く膨らんだ小型犬であった。

うひょーっ！　やめてやめて！　走り回らないでー！

お客さまからは悲鳴が！　逃げ惑う人と興奮状態で走り回る犬と、追いかけるスタッフ。もう店内は阿鼻叫喚の地獄絵図。

スタッフ数人で周りを固めじわじわと包囲網を縮める。何度も取り逃がしながらも店の奥に追い込む。そして両手を広げた我が店の生き物担当スタッフががばりっと押さえ込んだ。

押さえ込まれると静かになるのは人間も犬も同じ。観念した犬はおとなしく首輪にビニール紐をくくり付けられ店の外へ。

のぼりの重石につないでいたら息を切らして飼い主さん登場。脱走した愛犬を探してあちこち走り回っていたそうだ。

めでたく引き渡し、ふと見ると店内は雪と泥でぐしゃぐしゃ。

直立歩行しない生き物が苦手な私は、まったくの戦力外だったので、せめてお掃除だけでもとモップと雑巾を手に雪だるま犬の後始末に精を出したのであった。

わっ オケラだ
・・・・・・・
もう〜びっくりした
それにしても、毎年ひとりでよく来るね
何でそんなに危険をおかしてまで来るの？
・・・・・・
店長
・・・・・
もしかして何か伝えたいことでもあるの？
いってごらん？
ホラ
・・・・・

ヒーローに最敬礼

多分、平均よりよく転ぶ。特に店の中で。

たいていいつも小走りで移動しているからだと思うけど、小走りの他のスタッフがほとんどレジ内で転ばないところを見ると、やはり何か私には特別な力が備わっているのかも知れない。もしくは転倒の神に見初められたのか。

けれど、転び方には自信がある。かなり美しく転んでいるんじゃないかと秘かに思っている。

なぜ美しく転べるかというと中学、高校とハンドボール部に所属していたからである。

ハンドボールの試合を見たことのある人なら分かると思うのだけど、低い体勢からゴールキーパーの前に飛び出してシュートを打ったあと、飛び込み前転のようにゴロゴロと転がってすっくと立ち上る技があるのだ。

正式名称は「倒れこみシュート」。そのまんまか。

この技を習得している私はそんじょそこらの女性書店員にはありえないほど美しく転ぶことができるのである。

ある日、レジにお客さまの列が長くのびていた。

スタッフもてんてこ舞い、お客さまの間にも少し、少しだけどイライラがちらほら。

そんな中でちょいと分かりにくいお問い合わせを受けて。笑顔を見せつつ少し離れたところにあるパソコンまで後ろ向きで小走りに移動していたら、スタッフの足に躓《つまず》き、思いっきり転倒。

脳内では一回転してすっくと立ち上がった自分が見えていたのだけど、あまりにも狭い場所で、しかもスタッフの足と棚に挟まれた中では、美しい回転など望むべくもなく。

びっくりしたお客さま方がいっせいにレジ内を覗き込むという憂き目に遭っただけであった。

これに懲りてレジ内で後ろ向きに小走りになる技は封印していたのだけど、前向きであってもやはり小走りは危険極まりなく。何枚もの手書きのメモを渡されたので、やはりパソコンに向かって走っていたら、これまたスタッフの足に躓き、直前に私が使っていて片付けてなかった90リットルのゴミ箱に頭から突っ込んだ。

このときはレジ周りの時間が一瞬止まった、らしい。

スタッフもお客さまも全員が凍りついたようにゴミ箱とともにひっくり返っている私を凝視していた、らしい。

少し離れた場所で立ち上がった私を見てみんな一様にほっとした表情を浮かべていた、らしい。

ものすごく恥ずかしいのだけどそれでも怪我などせず、すぐに業務に復帰できるくらいには運動神経がいい、ということは自慢していいんじゃないのかな。

しかも、「大人のクセに後ろ向きにひっくりかえる人を初めて見た」とか「ゴミ箱に突っ込むのってギャグ以外ではありえないと思ってた」とか言われると、それはそれでちょっと嬉しかったりして。

ただし店内で転んでもアザができるくらいで、怪我をすることはないのだけど、自転車だと流血は避けられない。

基本的に自転車通勤なのだが、店の前の駐車場を通り抜けるとき車が少ないとつい車止めの間を曲芸的にくねくねと走りたくなってしまう。細い隙間をうまくすり抜けるときの爽快感といったら、もう。

が、時々失敗する。

たいてい足をついて止まればなんてことないのだけど、その日はペダルが車止めに引っかかり自転車が反転、体勢を保てずあえなく転倒。左手の甲、裂傷。血を流しながら出勤。テンション下がるわー。

それ以降、車止めの間をすり抜けるときはペダルを下げずに走り抜けるように心がけている。

自転車の転倒といえば、思い出しても冷や汗モノの事故がある。

子どもが小さいとき自転車の後ろに子ども用のイスを付けていた。

もともと自転車があまり得意ではないのでせいぜい5分程の距離のスーパーに行くくらいしか子どもを乗せて走ったことはなかったのだけど。

とある秋の日の午後、娘を後ろに乗せて買い物に行った帰り道。

私の運転があまりにも心地よかったのかほんの数分で娘が舟を漕ぎ出した。右に左にかくかくと揺れる。娘が揺れるたびに自転車も揺れる。

これはまずいなー、怖いなー、降りて引いて歩くかなー、と思っていた瞬間、娘がガクンッッと左斜め前に倒れこんだ。

うひゃーっ！　危ないっ！

とっさに左手で娘の頭を支える。と、重心が崩れて左側に自転車が倒れる。倒れながらも必死で娘の頭を護る。護る。護る。

公園の日陰で休憩していた道路工事のおじさんたちがわらわらと駆け寄ってきてくれた。

号泣する娘を助けようとしてくれるのだけどシートベルトでイスにくくりつけられているためなかなか助け出せない。

自転車を立てようとするも私と不自然な形で渾然一体となっているためうまくいかない。

こうなったら、と三人の力持ちが、せいやっ！　と三位一体の塊を持ち上げてくれる。

ようやく開放された私は急いでベルトを外し娘を救出。至福のまどろみから衝撃的どん底に叩き落され恐怖に震える娘を抱きしめる。

おじさんたちがよかったよかったと肩を叩いてくれた。

ありがとうありがとう、本当にありがとう。

安心して去っていく三人の後姿に泣きながら手を振る娘。奇跡的に無傷の娘を抱きながらヒーローおじさんたちに最敬礼。

いつかどこかで自転車ごと倒れた母子がいたら自分も捨て身で助け出そう、と心に誓った。

一人前まで四半世紀

「ＮＳＫ」という秘密組織がある。

もともとは大阪の書店員さんたちが会社の枠を超えて交流しようと始めた会に刺激を受け、名古屋でもやってみようと立ち上がった組織である。名古屋の書店員たちが懇親する会なので「名古屋書店員懇親会（ＮＳＫ）」というのが正式な名前。

主な活動は集まって飲む。つまり飲み会。会の名前が「懇親会」なのだから、そりゃあもう心ゆくまで飲みますって。

少し付け加えておくと、このＮＳＫは「書店員」の懇親会として始まったのだけど、構成メンバーは書店員よりも、書店員以外の参加者が多いのだ。取次（本の問屋）さん、出版社さん、図書館職員さん、そして作家さん、などなど。

この、作家さんの参加比率の高さがＮＳＫの特徴のひとつ。

最近いろんなところでＮＳＫのことを宣伝してくださっている名誉会員広報部の大島真寿美さんや「明日までに20枚書かなきゃなんないんですよぉ」と爽やかに笑う初

野晴さん、愛妻家で名高く実はおちゃめな太田忠司さん、知的でイケメン実は……な中村航さん、乾杯からお開きまでワイングラスを手放す瞬間はない吉川トリコさん、ミステリ界の超絶美形刺客水生大海さんなど東海地区出身の作家さん方が幅広く参加してくださっているわけでして。ったくどんだけ豪華なんだ、NSK！

そしてこのNSK。なぜかその会場にたどり着くのに苦労する、というのがもうひとつの特徴。

たいていは駅の近くのお店を選んでもらっているのだけど、なんでだろなぁ、かなりの確率で迷う。

一応、出かける前にちゃんとグーグルマップで調べているのである。しかもストリートビューという技も使いバーチャル体験を済ましてから地図をプリントアウトし、完全に自分が進むべき道を頭にインプットした上で一歩を踏み出しているのである。毎回。きちんと。完全に。

なのに、である。なのに、なぜかたどり着けないのだ。

スマホを手に入れてからはこの文明の利器を駆使しているのだが、これがまたよく分からない地図を展開してきたりする。

自分が進みたい方向に矢印を向けようとスマホをくるくる回すとその間に地図が大きくなったり小さくなったり移動したりするのである。

こうなったらもうお手上げだ。なにがなんやらワケが分からない。

そんなときの最後の砦が同業他社の友達Yさんである。

Yさんは飲み会の開始時刻の少し前からスマホの画面を見つめているらしい。

そう、私からのSOSを見逃さないようにスタンバッてくれているのだ。たいていワンコールで出てくれるんだ。いやぁ、ありがたいありがたい。

そんなNSKに、作家の朝倉かすみさんが初めて参加されることになりまして。お誘いしたアタクシが、責任もってお連れすることに。

まずは、ホテルまで朝倉さんのお迎え。2、3回通りすがりの人に道を聞きながらようやくロビーで合流。いやいやどもどもと挨拶もそこそこに会場へと向かう。

この時は緊張したね。

スマートにエスコートせねばならない、初めての人にも優しい名古屋をアピールせねばならない、道を一、二本くらい間違えても必ず目的地に着くという安心感をお与えせねばならない。

いやはや、プレッシャーに押しつぶされそうであったよ。

にこやかに雑談など交わしながらも目をすばやく動かし会場を探す。この辺りのはず。おかしいなぁ、看板もないなぁ。徐々に焦りが生じる。

これはマズい。前方に見える大きな道を渡ってしまったらもう完全に別の街である。

「すみません、えっとぉ、会場が分からなくなってしまったみたいですぅ」

正直に告白してみる。

朝倉さんもいっしょになって探してくださるが、それらしき店はない。これはもう振り出しまで戻るしかないか。

「どこかで一本道を間違えたみたいです。元に戻りましょう」

「いや、この先じゃない？　あの辺とか」

「いやいや、そんなはずはないです。通り過ぎてるんですよ、絶対間違えてますって！」

「そうかなぁ、この辺りじゃないかなぁ。あ、ほら、あった。ここだここだ」

へっ？　そんなバカな！　そんなワケない！

あ……。ほんとだ……。あった……。

なんてこった。初めて名古屋にいらした方に道案内されてしまうなんて。しかも、目の前に看板があったなんて。

完敗である。

店に入るとみんなが拍手で迎えてくれた。私はアルカイックスマイルを浮かべながら朝倉さんをエスコートし部屋の中へと入って行った。

やれやれ、ほっとした……。まぁ、なんとかなるもんだな。

そして、また東京からのお客さまをお迎えしてのＮＳＫの日。

これは今までの中で一番手ごわい会場であった。

送られてきた店の紹介には「栄駅より徒歩3分」と書いてある。

徒歩3分なんてすぐそこではないか。匍匐《ほふく》前進でも10分はかからないだろう。

それくらい近い場所、という触れ込みだったのに栄駅を出て地図を見ながら歩くと20分。

気付けばなんと隣の伏見駅にたどり着いてしまったではないか。

これは絶対に違う！

スマホの地図を開こうとするも「圏外」の表示。ツイッターもフェイスブックもつながらない。孤立無援、都会で遭難かっ！

スマホと地図を両手にもって上を向いて歩いていると、黒い服のお兄さんが「どこ行きたいのぉ？　教えてあげようかぁ？」と。

ややや、大丈夫です、分かってます、行きたいところくらい分かってます。

両手を振りながら行ったり来たり、同じ道を三度通る。

さっきのお兄さんもニヤニヤ笑いが消えて、心配そうな表情に。いや、でも大丈夫、私だって大人なんだから。そっと見守ってください。

と言いつつもそろそろ限界。ぐるぐる歩き回りながら、電話ならつながるかも、と半泣き状態でYさんにSOS。

つながった！　当然のようにワンコール。

「近くに何が見えますか？」

あれこれやりとりしてようやく見つけてもらう。最初から一緒に来ればよかったね、と心優しいYさん。いつもありがとう。

そして開宴。

東京からいらっしゃったSさんに名古屋の地下鉄の複雑怪奇さと、ビルの谷間の無電波地帯の恐怖を訴えてみたのだけど「今日1日名古屋のあちこちを回って来たけど全然大丈夫だったよ、一度も迷わなかったしね」とのこと。

おかしい、何かがおかしい。全く持って意味が分からない。

挙句の果てに「20年ぶりに名古屋に来たけど、多分ひさださんよりもずっと名古屋の街に詳しいって自信があるよ」とまで言われる。

初名古屋のお方や、20年ぶりのお方に負けてしまうなんて……と思ったけど、ビギナーズラックってのもあるわけだし、四半世紀も名古屋に住んでみたらきっと迷うようになると思うんだわよ。

大人の女はそれを許さない

毎年元旦には夫の実家に年賀の挨拶に行き、お節とお屠蘇を頂き新年を寿いだあと、熱田の杜へ1年間の必勝祈念に出かけるのである。

あ、いや、必勝祈念ではなく家内安全学業成就天下泰平祈念であった。

初詣の楽しみといえば、屋台。

とにかく屋台を見るとわくわくどきどきが止まらない。神社に近づくにつれて色とりどりの店が並ぶ。わーわーわー！

あ、バナナチョコ！　ピンクがいいなぁ。いやいや、今年はチョコマシュマロでスペシャル甘味かー。おっと、B－1グランプリ優勝の焼きそばも捨てがたい。しかしここはワイルドにせんべい汁をかきこむかっ！

などと子どもと一緒にウキウキしていると、夫から鋭い一言。

「参拝が先！」

あぁそうですすねそうですね、神様へのご挨拶が先でした、はい、すみません。

鳥居をくぐり拝殿に向かって進む、つもりがどうしても参道の屋台に目が行ってしまう。

きょろきょろしているとあっという間に夫とはぐれる。

やばいやばい、待って待ってと駆け寄ってはまたふらふらと屋台に引き付けられを繰り返している間にどんどんとラッシュアワー並みのぎゅうぎゅう詰め行列に。

あぁ、今年はこんな遠くから参拝規制ですか、不況なんですかね、世の中は。

と、言いつつ、行列の真ん中あたりに並び、じりじりじりじりと進む。

これだけ人が集まっているとあたたかいね。巨大おしくらまんじゅうみたいだ。

ん？　あれ？　夫がいない？　どこいった？

背伸びして探すも見当たらない、困ったなぁ、こんなに人が多いとみんな夫に見えるし誰も夫に見えないし。ぐいぐい押されながらも首を伸ばして夫を探すが特定できず。困ったなぁ。

と、一緒にいた娘が不安げにどうしようどうしようと繰り返すのでここはどっしりと構えて安心させてやろう。

多分、行先はみんな同じだからお父さんともいつかは会えるでしょう。

並んでいる人たちの背中と空を眺めながら歩いているうちにようやく拝殿前へ。

今年もみなが健やかに過ごせますように。特に、息子を、どうか、どうか！　かしこみかしこみぃ……。

参拝が終わると人の波に押されて左右に分かれる。ここで行き先を間違うと二度と逆側には行かれない。慎重に慎重にいつもお守りを買う右側へと流れていく。

ようやく広い空間に出て、ほっと一息。

さてと、私たちは結構順調に進んでいったからきっと夫たちに勝ってるよ。なんてったって人混みの嫌いな夫だから、多分まだ拝殿にも着いてないに違いない。メールしてお守り売り場にいるって知らせておこう。

さ、日向ぼっこでもして待ってましょう。

と、すぐに夫から電話。

「どこにおんの？　お守り売り場にいるからこっち来て！」

ええっ!?　なんで？

信じがたいことに、ずいぶん早くに参拝を終え、再び行列に並び、家族分のお守りを頂き、寒さしのぎのために日向ぼっこをしていたらしい。

たったあれだけの距離でそんなに引き離されるなんて驚きだ。どんだけ人々に抜かされていたんだ私たち。なんとも言えないこの敗北感。うーん。

いやいや、新年早々負の感情は置いといてっと。さてさて無事に参拝も終わったことだし、心行くまで屋台を堪能いたしましょう。

まずは娘のリクエスト。

二つ折りにした縦25センチ横15センチくらいの巨大なたこせんべいに黄身をつぶして焼いた目玉焼きを挟み、甘いお好みソースとマヨネーズをどぼどぼとかけた名古屋名物たませんでしょう。

次はっと、そうだそうだ、あれが食べたかったんだ、あれよあれ！　さつまスティック！

サツマイモを縦に切って油で揚げて砂糖をまぶしただけのシンプルなおやつ。これ食べてみたかったのよー！

「お兄さん！　カップでちょうだい！」

この上なく不愛想なお兄さんから受け取ったさつまスティックは、しっかりと冷え切りしんなりとうなだれている。

なんだかあんまりおいしそうじゃないね。

冷たくてぱさぱさしていてしかもしんなりしてる三重苦のさつまスティックをもふもふと食べながら歩いていると、突然喉に鈍痛が。

うぐぐぐ、ぐるじぃぐるじぃぐるじぃよぉぉ！

息を止めて飲み込もうとするが食道につっかえたさつまスティックはびくともしない。

どんどんっと胸を叩く。飲み込め！　飲み込むんだサツマイモを！

途中でつっかえているなら上から何かを入れれば落ちるだろう、と手に持っていた半分も食べてみる。

ぐぐぐぐぐ。よけいにづまっだ……ぐぐぐ。

歩きながらもだえ苦しんでいる私に気づいた娘が驚いて夫を呼び止める。

「お父さん、お父さん！　お母さんが苦しんでる！」

「詰まったのか？　大丈夫か？　お茶を飲め、お茶！　お茶！」

隣の屋台でペットボトルのお茶を買い、手渡される。

や、飲めと言われても途中で詰まってるんだから飲めませんって！

と言いたいのだけど苦しくてしゃべれない。

夫と娘が二人がかりで背中をどんどんどんどんと叩く。

く、く、苦しいし痛いってば！

そして夫がフタを開けたペットボトルを口に当ててくる。

ぐぬぬぬぅ。

ごくり……ぐへっ！

むりむりむりむり！

行き場のないお茶は逆流せんと欲す。

しかし、こんなところでそれを許すわけにはいかぬのだ、大人として、大人の女として。

初詣の参道で、さつまスティックを喉に詰まらせてお茶を逆噴射するなんて、そんな末代までの恥をさらすわけにはいきません！

眉間のシワと身振り手振りで夫に訴える。

「あそこのコンビニのトイレに、私を！」

夫に抱えられながら急いで道を渡りコンビニへ。

すみません、トイレをお借りします。すみませんすみません。食道をせき止めていた塊とお茶を吐き出した瞬間、私は今までの人生で感じたことのないほどの解放感に恍惚となっていた。

生きている、私はそう強く実感した。

被害者か被害車か

車に乗るのが好きだ。

とは言え、運転席と助手席以外に乗ると5分で三半規管がやられ、10分で「ごめんなさい停めてくださいゲロゲロ―」状態になるので、正確にいうと、「運転席か助手席に座って」車に乗るのが好きだ。

そんな限定付き車好きの私のファーストマイカーは、大学二年のときに買ってもらったレンガ色の三菱ミラージュ。

当時、女子大生の8割が（ちょっと大げさ）マツダの真っ赤なファミリアに乗っていて、肩書きは間違いなく女子大生だった私もご多分に漏れず、このマツダの真っ赤なファミリアに乗りたくて仕方がなかった。

そこで「クラブの試合に行くのにどうしても車が必要です。何台も連ねて走るので目立つ真っ赤が望ましいようです。セダンは贅沢なのでお手頃なマツダのファミリアがちょうどいいようです」と控えめに親におねだりしたのである。

ところが頼まれた親はあろうことか車種を失念し、友達に「大学生に人気の車って何かしら？」と問い、その友だちが自動車販売店を営む別の友達に聞くという伝言ゲームが発生。

「どうせあちこちこすったりぶつけたりするんだから安い中古車で上等、しかもちょうどいいことにレンガ色の三菱ミラージュがここに」という流れで、私の手元にそのちょうどいいレンガ色の三菱ミラージュが届いたわけだ。

こんなはずじゃなかったのに……と悲嘆にくれたのだけど、届いてすぐに下宿の塀に激突したのを皮切りに、隣のフェンスを突き破ったり、ガードレールにこすったりと半年ほどであちこち傷だらけのなかなか強そうな面構えとなり、自動車販売店の予想は大当たりとなった次第。

そんな満身創痍ミラージュとは大学卒業と同時におさらばし、次にやってきたのはシルバーメタリックのダイハツシャレード、しかもターボ！

ターボってのはなんかよくわからないけれど速く走れるらしい。速く走らねばならない状況になんてほとんどならなかったのだけど。

このシャレードターボがまた、なんだか知らないけど故障の多い車で。

車で片道40分かけて通勤していたのだけど、乗り始めて数ヶ月のころ、いきなり道の真ん中でエンジンが止まってしまった。あわあわしながらもどうにか惰性で路肩に寄せたものの、さて、どうしたものか。

車を降りて途方に暮れていたら、様子を見ていたガソリンスタンドのお兄さんがやってきて、よいしょよいしょと近所のカーショップまで押してくれた。

どうやらエンジンのどっかの線がうまく回っていなかったらしい。詳しくはわからないけど。あのときのお兄さん、本当にありがとう。

それから1年後のある朝、少しばかり家を出る時間が遅くなったため裏道、しかも片側一車線の狭い道を疾走していたら向こう側から大きなトラックがやってきた。これは困った。道が狭くてすれ違えない、どう考えてもちっちゃな私の車が避けねばなるまいて。

仕方ない。隣の石だらけの空き地にハンドルを切って突っ込み、トラックをやり過ごそうと思ったその時、トラックの運転手がすごい勢いで飛び出してきて窓を叩いた。

「お姉ちゃん！　お姉ちゃん！　降りて降りて！」

なななななななんだなんだ！　こんな朝っぱらから強盗か！　お金持ってませんよ、

給料日前だし、どうしよう、まさか、闇に売られるのか！　とビビっていたら強引にドアを開けて引っ張り出された。

ふと見ると、シルバーメタリックのダイハツシャレードターボの横からガソリンが噴出している。

なんじゃこりゃ――――っ!!!

トラックの運転手さんがエンジンを切って鞄を持ち出してきてくれる。

呆然と立ちすくむ。なんなんだ、これは。

そういえば空き地に乗り込んだとき、何かに乗り上げたよな。で、無理矢理アクセル踏んだら、ガガガガガガって言ったな。

あれか。

あぁ、あれだったのか。

心優しい運転手さんに職場まで送ってもらい、とりあえず自宅に電話。親に状況を説明し、自動車販売店に引き取りに行ってもらうように頼む。

なんとガソリンタンクに穴が開いていたらしい。どんだけ無理矢理乗り越えたんですか！　とちょっと叱られた。

エンジンやらガソリンタンクやらあちこち故障しまくって、このままではきっと次は命に関わる大きな故障に遭うに違いない、ってことで車を買い替えることに決定。

次に選んだのはパールホワイトのトヨタトレノ、エアロパーツ装備。

これがまたカッコイイ車で。

なんてったってリトラクタブルライトなのだ。あの、ライトをオンすると目玉がキョロっと出てくるやつね。これが欲しくてこの車にしたのだけど、ライトをつけてる姿はあまりカッコよくないのな。カエルみたいで。まぁ、どのみち運転している自分には見えないんだけど。

このトレノにしてからは全く故障もなくすこぶる好調だったのだけど、やはり、あるんだ、何かが起こるんだな、不思議と。

一泊二日の職員旅行からの帰り道、枕が変わると眠れなくなるガラスのハートを持つ私は、旅先で一睡もできぬまま観光バスの中でゲロゲロ状態に陥り、最低最悪のコンディション。

職場で解散し愛車トレノで帰宅。もうふらふらゆらゆら運転。

そこに輪をかけていつもの道が工事中ときたもんだ。知らない道を右に左に迂回させられ、キョロキョロしながら走っていたら一旦停止を見落とし交差点に進入。左から来た車に激突。半回転して2台とも角の空き地に。

幸いお互い命に別状はなかったが、その後半年くらいは怖くて運転できなかったなぁ。

あの事故のとき動転して泣きながら警察を待ちつつ私は深く肝に銘じた。

職員旅行には枕を持って行く。それが無理なら車で帰らない。

高速道路に潜むワナ

高速道路というものは本当に便利だ。

まっすぐ走って行けばちゃんと目的地に届けてくれるのだから。

ただし、入口から入って途中で分岐などがなければ、ということなのだけど。

普段よく使う高速に「伊勢湾岸自動車道」と「東名阪自動車道」というのがある。

これを使って、名古屋から三重県に向かって走るのだけど、ここにはいくつもの危険がひそんでいるのだ。

「伊勢湾岸自動車道」は新しくて道幅も広く、しかも湾岸道路という通り、海沿いを走っているのですこぶる気持ちのいい道路である。

が、これが「東名阪」に合流するところがものすごくやっかいで。

まだできたてほやほやのころのこと。

「伊勢湾岸自動車道」の四日市JCで「東名阪」に合流しようとしたところ、行先が二つに分かれていて。

「←名古屋」

「→大阪」

と書いてある。

ここで悩むわけだ。名古屋か、大阪か。

私は名古屋から出発しているのだけど、大阪にまでは行く予定はない。そんなところに用事はない。

名古屋か大阪かどちらかを選べ、と言われたら、そりゃ、名古屋のほうが近いから、やっぱ名古屋だろうな、名古屋圏内での移動ってことになるのかな、と。

しかも、地図を頭に浮かべてみて、名古屋に行くのに左側車線、大阪に行くのに右側車線、っておかしくないか？　とここでまた感覚的に悩むわけだ。

しかし高速で走っている私はそんなに深く悩む余裕はない。瞬時に判断し行動に移さねばならないのだ。

そこで左側に向かって進みたいという本能を信じて名古屋に向かう車線に進路を取る。

ほんの数分走って気づく。

戻っている……。

「伊勢湾岸自動車道」が出来上がるまでは、イヤっていうほど走っていた「東名阪」である。

見間違えるわけがない。これはいつも三重県からの帰りに通る風景である。

間違えた……。

せっかく家を出て気持ち良く海を見ながら走って来たというのに、目的地にたどり着くこともなくまた家に帰れというのか！

そんな生半可な気持ちで出かけているわけではないので、即座に起死回生の手に打って出る。

四日市ＪＣからすぐの桑名ＩＣで降り、料金所のおじさんに訴える。

「すみません！　名古屋から三重に向かって走っていたのに湾岸からの合流で間違えてしまったみたいなんです！　すみません！　どうしたらいいですかっ？」

目を潤ませた必死の訴えにおじさんは、

「できたばかりやでなぁ。仕方ないわな間違えても。本当はアカンけど、今回だけということでそこでＵターンして戻ってってって」

あぁ、神も仏もありました。なんという慈悲深いお方なんだ……。何度もお礼を言って料金所の先でUターン、「東名阪」に戻り無事に当初の目的地に到着した次第。

そう、できたばかりの高速合流地点というのは、得てしてこういう間違いが起こりやすいのだ。覚えておかねばな。

しかし、この後も二度ほど同じ間違いを犯し、その都度料金所のおじさんのご慈悲に縋り付くことになるとはその時は思いもしなかった。

この時はまぁ、ちょっと感覚、というかカンが冴えずにひどい目にあったけど、表彰状もののヒラメキによって危機を脱出したこともある。

結婚前に新居用のお茶碗を買おうと、狸の焼き物で有名な信楽に出かけた時のこと。母親と出かける時はいつもは運転してもらってばかりなのだけど、そろそろアタクシも一人前の女として、この程度の距離なら任せてもらおうじゃないの、と地図も持たずに出かけたのだ。

行き当たりばったりで店を覗き、あれこれめぼしいものを買い込み、街のどこに行っても微笑みかけてくる狸にも飽きた夕暮れ時にそろそろ帰ろうか、ということになった。

街を出て、来た時に通った道らしきところを走っていく。

しばらく走っていてふと覚えた違和感。

太陽が、左から当たっている……。

説明しよう。

私たち母娘は日本地図で見ると、信楽から向かって右側のほうへと帰らねばならないわけである。

日本の春の夕方において、左から太陽が当たるということは、どう考えても地図でいうところの左に向かっているとしか考えられない。

つまり、家から遠ざかっているってわけだ。

そのことにいきなり気付いた私は母親に向かって、「このままだと京都に着いちゃう！」と叫んだ。

すると、助手席の母は言った。

「あら、いいわねぇ。今夜は京都で湯豆腐ね！」

いや、あかんでしょ。

呑気に微笑む母を無視して次の交差点で左折。見知らぬ道を左折左折左折で乗り越えて、元の道を目指す。

すぐにUターンすればよかったのだけどなんせ狭い道で、しかも見通しが悪い。

全神経を集中し、アンテナにひっかかる道を曲がり続ける。

そしてようやく、ようやく、ようやく見つけた大きな道。

これだ、これだ、間違いない。

安堵の溜息とともにその道に乗り、沈みかけた太陽を右から受け、ひたすら走り続けた。大きな満足とともに。

だれにも頼らず、自力で見慣れた風景までたどり着いたあの日の胆力は、私を一回り大きな人間へと育ててくれた。

泡と米とバービーと

少子化が止まらないらしい。

確かにこの辺りでも黄色い帽子の一年生の姿がめっきり減っていてなんとなく寂しい。

小学生が減れば大学生も減る。私立の大学はあの手この手で学生を確保するべく知恵を絞る。知恵を絞ってお金もかける。

最近見た番組で大学の学生寮の特集をやっていたのだけど、これがまたすごいのすごくないのってもう呆れ返ってひっくり返るくらいだ。

なぜに学生寮にジムやら露天風呂やら専任シェフやらが必要なわけ？　いらんやろそんなもん！　と憤慨しながら見ていたのだけどそれくらいしないと学生が集まらないんだから仕方ないか。

だけどどうしても私の中では学生寮といえばあの、壊れたカギと閉まらぬドアと腐ったタタミが定番の魔窟「吉田寮」が思い浮かんでしまう。四畳半神話体系バンザイ！

まぁ、あそこまですごくなくても厳しい門限とうるさい寮長と質素な部屋、というイメージが……。

でもイマドキの学生は好き好んでそんな地味な部屋には住まないのだろうね。

といいつつ自分の下宿生活を思い出す。

入学式の日から始まった憧れの一人暮らし、ワクワクドキドキの毎日は今思い出すと涙の連続であった。

私の下宿は一般的なアパートではなく同じ大学の女子だけが入れる男子禁制門限付きの「寮スタイル」で、保護者に絶大なる人気を誇るところであった。キッチンとトイレと洗濯機が共用でとってもアットホーム。

その下宿でまず驚いたのが初めて見る瞬間湯沸かし器。あの、スイッチを押すと「ぼっっ!」と火がついてお湯が出るというやつ。最初これが怖くて怖くてなかなか火がつけられなかったのだ。あの「ぼっっ!」という音にいちいちビビり、爆発したらどうしよう、と恐る恐るお湯を使う日々……。

次に驚いたのが二槽式の洗濯機! なんじゃこれ? なんで二つ? と思いつつ洗濯物を入れる。洗剤を投入しスイッチを押してぐるぐる回る洗濯物をじっと見る。

うぉー！　すごい泡！　洗濯機の縁からあふれそうだぞ！　や、ちょっとやばくないか、この泡。

急いで部屋から洗面器をもってきて泡をすくっては洗面所に捨てる。

何度か繰り返すと泡は落ち着きを取り戻した。よかったぁ。しかし、この渦を見てると落ち着くわー。

と、ぐるぐるが止まった。このまま脱水へと進むのだろう、と思っていたのだがいつまでたっても水が流れない。そっと横を叩いてみるがうんともすんとも言わない。

え？　壊れたの？

あわてて隣の部屋の先輩を呼びに行き緊急事態の発生を告げる。

と、先輩は優しく微笑んでこう言った。

「ここひねって水を流そうね。で隣の槽に洗濯物移して脱水してまたこっちに戻してすすいで脱水を2回繰り返そうね」

おおおお！　そういうことか！　こっちの小さい槽は脱水専門なのか！　なるほどねー、と先輩に教えられた通りにやってみるが2回すすいでも泡がなくならない。3回やっても4回やっても泡々のまま……。

うーむ、これはぬるぬるがなくなるまで延々とすすぎ続けるのか？　参ったなぁ。賽の河原で石を積む子どものようにひたすらすすぎと脱水を繰り返す。初めての二槽式洗濯は所要時間2時間。洗濯って大変な仕事だなぁ。

洗濯の後は食事だ。

なんといっても学校の調理実習以外で包丁など持ったことがないのである。それがいきなりの自炊生活。これは無謀というものだが、とりあえずご飯を炊いてみる。

一人用で○・五合炊ける可愛い真っ赤な炊飯器。お米を入れ研いで水を入れ、さぁ、炊けるまでに野菜炒めなんて作っちゃおうかな。

一人分ってどんだけだろ、野菜って火を通すとカサが減るからな、と思いながらひたすら野菜を切る。

えっとお肉を先に炒めるんだよね。

あ、油を入れて……。

わー！　くっついてるし！　焦げてきた焦げてきた！　ちょちょちょちょ、どうしようどうしよう？　ええい！　野菜を入れちゃえ！　ぎゃーっ！

油がはねるはねる！　こわいこわいあついあつい!!

ぎゃーぎゃー叫んでいたら新入生の友達が飛び出してきて、火を弱めながらちゃっちゃと仕上げてくれる。

はぁ。すんませんすんません。

友達が、できあがった野菜炒めを見て言った。

「これ何人分？」

フライパン山盛りの野菜炒め……どうみても三人分はあるな。えっと、一緒にいかがっすか？

笑顔とともに拒否された山盛り野菜炒めをありったけのお皿に盛り付けてとりあえず部屋に戻る。

なんだか、まずそうだな、コゲコゲだし、しなしなだし。でも、まぁ最初の晩餐だ、おいしくいただこう。

さ、ごはんごはん。

炊飯器を開けてしばし呆然……。そこには白濁した水に沈むお米。

あ、スイッチ入れてない……。

なんてこった……。

もそもそとコゲた野菜炒め（しかも味がない）だけを食べ、食器を洗いに出るとさっきの同級生がグラタンを作っていた。

うひょー！　おいしそう!!

「ねねねね、明日から一緒にご飯作ってくれませんか？」

一人分を作るよりもそのほうが経済的だ、と快諾。おお、これで明日からおいしいご飯が食べられるぞー！

そういえば、今でこそ小学生でも携帯電話を持っている時代だけど、あのころは下宿と言えばピンク色の公衆電話が定番であった。

毎晩決まった時間に親から電話がかかってくるので、夜遊びするときにはその電話を受けてから出かけるという技も覚えた。

そんなある日、帰宅したら部屋のドアに一枚の紙が貼ってあった。母親からの電話を受けた先輩のメモ。

「小さく丸くなってバービーちゃんが逝ったそうです。今夜は空に向かって祈ってください」

小学一年の時に我が家にやってきたプードル。

兄と私が家を出てからめっきり弱っていたと聞いていたけど、まさか急に逝ってしまうなんて……。

メモを握りしめて部屋で泣いた。

探すのをやめたとき

弥生3月のとある月曜日。それは起こった。

冬の寒い日や、夏の暑い日には徒歩5分の距離を車で通うという軟弱者の私だが、最近は健康のため自転車通勤を心がけている。

いつものように自転車で出勤し、自転車置き場に停め、カギを抜いた。

上着のポケットにカギを入れ、店の中へ。

そのとき、この上着のポケットは浅いから脱ぎ着したときに落としそうだな、とちらりと思った。確かに、思ったのだ。

そして勤務を終え、帰宅しようと上着を着てポケットの中に手を入れた刹那、私の手は、むなしく空をつかんだ。

ないっ！　カギが……ないっ！

そんな馬鹿な！　確かにポケットに入れたのに！　どこだ？　どこに落とした？

休憩室の中を探し回る。

二階のスタッフにカギの落とし物がなかったか聞く。ない。ならば下だ。急いで階段を降り、レジにいる同僚に聞く。

「カギ届いてない？」

落とし物ボックスを探すが、ついさっきまで自分もレジにいたのだ。今日そんなものが届いていないのはよく知っている。

それでもあきらめきれずに店の中をぐるぐる回る。

もしかすると自転車についたままなんじゃないの？　と言われ外へ。

しかし、自転車にはカギはついてない。自転車の周りもくまなく探す。が、ない。

店に戻ってカバンの中を探る。ないないないない……ない。

なんてこった……。

どうしよう。呆然としつつも考える。夫に頼んで車に積んでもらおうか。あ、いやいや、今日は帰りが遅いって言ってたなぁ。どうしようか……。

あ、そうだ！　家にスペアキーがあるじゃないか。明日それを持ってくればいいじゃん！

なぁんだ。よかったよかった。仕方ないから今日のところは歩いて帰ろう。

家に帰り引き出しを開け、切手やらＳＤカードやらを入れてある丸い缶、通称、金庫のフタを開けるとそこには五つのスペアキーが……。

なんでこんなにあるんだよ、とぼやきつつ、取り出し検証する。

実は今日乗って行ったのは娘の自転車で、我が家では一番最近買ったもの。つまりスペアキーも一番新しくピカピカのものに違いないのだ。

目星をつけて選び出した一つをカバンにしまう。

これでよし、と。

何食わぬ顔で夕食を作る。帰宅した娘と学校のこと、部活のことなどあれこれ話しつつ、心はもやもや。

カギを失くしたこと、娘に言わなきゃな。や、でもスペアキーがあるから不自由はしないし、気づくまで放っておこうか。

いやいや、それでも持ち主にはちゃんと許しを請わねば。

そうだ、あのワシントンも正直に勇気を持って罪を告白したじゃないか。うん、謝ろう。

「えっと、あの、ごめんね。今日自転車借りたんだけどカギ失くしちゃったんだよね……」

「どこで失くしたのー？」

と問い返す娘はなんのダメージも受けていない。

よく考えたら中学の時からほとんど自転車には乗ってないいんだよ。カギを失くされようが自転車を失くされようが、大勢に影響はないいんだ。

なんだ、もやもやすることなかったじゃないか。

翌朝、いつもより早く家を出る。何と言っても徒歩通勤なので。

駐車場に入ると小走りに自転車に駆け寄る。ごめんねごめんね、一晩こんなところに置き去りにして。

さぁ、これで一緒に帰れるからね。

と、カギを差し……差し……さ……。

差せない……なぜだ！　なぜ入らないんだ？

しゃがみこんでカギを入れたり出したりガチャガチャやってると、車から降りてきたお客さんが不審気に見ていく。

あ、いや、アタクシは決して怪しいものではなく、ええ、自転車泥棒なんてものじゃないですよ、まったく、これ娘の自転車で……。

という雰囲気をかもしているうちに、別の自転車のカギを持ってきたのだという過ちに気付く。

なんてこった、このぴかぴかにだまされたかっ！

がっくりとうなだれ、重い足を引きずりつつ店に入る。はぁ……なんだかなぁ、と、どんより。

そして一日が過ぎ、どんよりに追い打ちをかけるように「今夜雨だって」という声。

雨が降るですって！　ってことは今日は自転車を持って帰らないと、娘の自転車は雨ざらしになるじゃないか！

それは避けねばならぬ。参ったなぁ。

仕方ない、後ろのタイヤを持ち上げて引いて帰るしかないか。

右手でサドルを持ち上げ、左手でハンドルを操作する。なんだかんだ言って徒歩5分の距離だ、どうってことないだろう。

と、思ったのは大きな間違いだった。店の駐車場を出たところですでに後悔。

重い。そして、手が痛い。

ほんの数メートル進むごとに立ち止まる。立ち止まっては誰かワゴン車に乗った友達が通らないか、とあたりを見回す。

こうなったらスケボーに乗った小学生でもいい、誰か誰か助けてくれないか。

祈りもむなしく、誰とも遭遇しないまま10分以上かけて家までたどり着いた。

疲れ果てた身体を引きずり家の中へ。ため息とともに座り込む。やれやれ。

右手の指にはサドルの金具が食い込んだ跡がくっきり、そして右上腕二頭筋はパンパンに張っている。

しかし、しかしそれなのに、なんだろう、この達成感と心地よい疲労感は。がんばったもんな、私。立派だよな、私。

一息ついて金庫という名の缶を開け、残りの四つの鍵を持って自転車へ。

明らかにくすんでいるカギからあえて差し込んでみる。

違うな、これは。

次に手に取ったカギを見て息をのんだ。

あぁ、そうだ、思い出した。娘の自転車を買ったときこの缶を開けて「どれかわからなくなるといけないから名前を書いておこうね」と言ったんだ。あの日、この私が。

そしてそのカギにはしっかりと娘の名前が書いてあった。

なぜこれに気付かなかったのだ、昨夜の私。

そっと差し込む。ガチャリという心地よい音。あぁ、よかった。開いたよ、開いたよカギが。

苦しかった道のりもこれで報われたというものだ。

明日からはこのスペアキーで新たなる自転車ライフが始まるのだ。

翌日、店のみんなに正しいスペアキーが見つかったことを報告。祝福を受ける。ありがとう、みんな心配かけてごめんよ。

そして、また、その翌日。

公休日だった私は買い物に出かけていた。財布を出してお金を払おうとしたそのとき、カバンの中でかすかな鈴の音がした。

まさか……。この鈴の音は……。

はやる心を抑え、車に急いで戻る。シートに座りカバンの中を探る。

中身を全て取り出し、カバンを振ってみる。

ちりんちりん。音はすれどカギは見つからない。おかしいな。ちりんちりん。

あ！　ポケット！

そうだ、そうだ、思い出した！

あの時、上着のポケットにカギを入れた後、脱ぎ着のときに落としそうだな、と思ってカバンのポケットに入れ直したんだ！

なんてこった！　ここか、ここにあったのか！

そっとポケットに手を入れる。指先に触れる小さな鈴。あぁ、おかえりなさいカギ。

私は間違っていなかったんだ。ちゃんとここにしまっていたんだ。

もっと自分を信じるべきだった。そうだ、もっと自信を持て、私。

娘のために付けた小さな鈴の音が静かに心にしみた、木曜日の午後であった。

そして私は戦いに勝った

二度あることは三度ある。

起こって欲しくないことが二度繰り返されたとき、人はもうこれで終わりにせねばなるまい、という自戒の意味を込めてそう言うのだろう。

いやすでに三度起こってしまったあとで、自分への慰めとしてそう言うのかも知れないが。

毎年4月の第二火曜日辺りに、今、日本で一番影響力があるんじゃないかと言われる文学賞の授賞式が行われる。

「本屋大賞」

それは書店員有志たちの血のにじむような怒涛の集中決戦読書によって決定されているのである。

血と汗と涙の結晶そのものだからこそ、この大賞に選ばれた小説はその後、日本中の書店の一等地にど――んっ！ と積まれ、話題作となり映像化されベストセラー街道まっしぐらとなるのである。

そんな本屋大賞授賞式に、不肖アタクシひさだも5年ほど参加させていただいている。

本屋大賞授賞式の帰りには悲喜こもごもがつきものだが、この悲喜こもごもの悲を回避するために今年も私は持てる力すべてを注いで計画を練ったのである。

まず、行きは問題なし。

というのも、今年も同業他社の友達Yさんと一緒に行くことにしてあるので、まぁ、彼女がなんとかしてくれるだろう、という完全他力本願全開。

問題はひとりになる帰りだ。ちゃんと安心して帰って来るためにはどうしたらいいか。

4月の1日の月曜日、私は決意した。先に切符を買っておこう。

まずは金券ショップだ。賢い主婦は数百円の無駄も見逃さないのだ。

「東京から名古屋へののぞみの指定席券ください」

東京―名古屋間ののぞみ用回数券をゲット。よしよし、これを持って次はみどりの窓口だ。

おお！　みどりの窓口はものすごくたくさん人が並んでるな。こんなにたくさんの人が新幹線に乗るのか。やっぱり指定席にして正解だな。

「すみません、新幹線の指定席券をください。4月10日に東京から名古屋に帰って来たいので、10時台のでお願いします」

何本か提案されたのだけど、次の日は朝から仕事だし、夜中を大幅に過ぎるのもアレだから日付が変わる前の11時台に名古屋に着くやつにしよう。

そして買った切符が、東京10時10分発。名古屋11時51分着。のぞみ23号。

完璧ではないか。これなら名古屋駅からタクシーを飛ばせば、日付が変わったころ家にたどり着ける。よし。

ほっとして某SNSに切符の写真をアップして前日から心配してくれていた業界の仲間に報告。

すると、なんかオカシイという書き込みが次々と……。

東京発10時10分ってのは、もしかして朝の10時じゃないか？　と。

まさか、そんな！　いや、そんなはずはない。だって窓口で私は「その日のうちに着きたいので12時前に着く新幹線の指定席券をください」と言ったではないか。

そんな私に昼の11時51分に着く切符を渡すか？　渡すのか？　渡したのか？　親切な仲間が調べてくれたダイヤによると、東京発のぞみ23号は、朝の10時10分発だった。

まぎれもなく朝の10時台だ。

ってことは何か？　本屋大賞授賞式の当日、昼頃東京に着く計画を立てていた私は、東京に着く前に東京を出発する切符を手に入れたわけか？

それは無理だ。無理っていうか、あかんやろ！

にわかに焦りだす。どうする、これ、どうする？　無駄になるのか、この切符は捨ててしまうのか？

あわあわしていると、交換してもらえるぞ、というアドバイスが。しかも私が乗るべき正しい新幹線の時間まで調べてくれているではないか。

あぁ、なんて親切なんだ、みんな。ありがとうありがとう。

私は行くよ、再びみどりの窓口へ。そして正しい道を選んでくるよ。

そして2日後、みどりの窓口を再訪し訴えた。

「すみません、これ朝の10時10分になってるんですけど、私は夜の10時のが欲しかったんです。えっと、あの、これって換えていただけるんでしょうか？」

ものすごく緊張しつつ、申し訳なさげにおずおずと訴えたのに、窓口の人は平然と切符を受け取りなにごともなかったように「夜の10時台に交換ですね」と。

なんだ、簡単じゃないか。

新しい切符を手に私は意気揚々と窓口を後にした。

帰宅後、手も洗わぬうちに、とにかく正しい切符の写真を撮って心配している皆さんあてに某ＳＮＳにアップ。

そして手を洗いうがいをし、コーヒーを淹れて、ほっと満足のため息をついた瞬間電話が鳴った。

何だろうと思いながら電話に出ると、それは当日一緒に行く予定のＹさんからで。

「すぐに切符確認してください！　それ、名古屋発になってますよ!!!!」

ええっ!?　ちょちょちょちょ、何それ？　どういう意味？

ちょっと待って、切符を確認……って、ぎょえええええぇぇぇぇぇえ――――っっ!!

なんてこったぁ――っ!!!

今の今まで私を包んでいた幸福感が瞬時に霧散した。

ハイ
おとりかえしますね
あのー
これ、キップ
昨日
買って
なんか
ちがうみたいでー…
4/8
……
また来た
あのー
これでもないみたい
なんですー…
えっとー東京をー
10日の夜なんですけど
…
4/9
これしか
お取扱してません!
あなたには
バーン
あのー
い
フリーキップ
4/10

手にした切符にはこう書かれていた。

〈名古屋22時10分↓東京23時45分〉

何かい？　当日やっとの思いで帰宅した私にまたその足で東京まで行けっていうのかい？　ありえないでしょう？

っていうか不可能です。というより、まさに悪夢だ。

自慢げに切符の写真をアップしたＳＮＳでは、予想通り怒涛のコメント合戦。

もう、みんな心配してるのか呆れ果てているのか面白がってるのか……。

とりあえず、こういう時にはお客様相談窓口だ。一〇四で番号を聞き、即電話。

最初から順序良く説明し、窮状を訴え、なんとかしてくれと泣きつく。

と、相談窓口のお姉さんは優しくこう言った。

「こちら大阪の窓口につながっておりますので、申し訳ありませんが最寄りのＪＲのみどりの窓口までおかけ直しいただけませんでしょうか？」

踏んだり蹴ったりだぜ！　まったく！

優しげなお姉さんに教えてもらった名古屋駅のみどりの窓口に電話をかける。

再び順番にひとつずつゆっくりと説明し、どうしてこんなことになったのか全く分からないが、とにかく困っているのだと切々と訴えてみた。

と、その切羽詰まった感が奏功したのか、電話のお兄さんがかなりとってもものすごく親身になって相談に乗ってくれた。

そしてわかりやすく説明してくれる。

「4月10日の夜10時、つまり22時に東京を出て、11時49分、つまり23時49分、日付が変わる前ですね、名古屋に着くひかり539号の指定席、えっと禁煙車両でなおかつ窓側、を確保しました。名古屋駅まで来て頂かなくても最寄りのJRの駅でもお取り替え可能ですが」

おお、これで、もう大丈夫だ。

間違いなく、私が欲していた切符が、この手に入るのだ、ようやく、ようやく。

電話を切った後、最寄りのJRの駅まで向かった。改札口には数人の列。

ターミナルに停めた車を気にしつつ列に並ぶ。

何気なく前の列の人の話を聞いていると、みんな新幹線の切符を買っているではないか。

なんてこった、わざわざ名古屋駅のみどりの窓口まで行かなくてもこんな近所で新幹線の切符が買えたのか。

知らなかったぞ……。

呆然としながら待っている。数人待ちなのに、ものすごく時間がかかる。なんだよ、みんな素人だなぁ。もっと手際よく買おうよ。

ようやく私の番が来た。

「すみません、名古屋駅のみどりの窓口から連絡していただいてると思うのですが新幹線の切符を交換していただきに来ました」

たった一人で窓口を切り盛りしていた駅員さんは満面の笑みを浮かべて言った。

「はい、ひさださんですね、承っております。少々お待ちください」

そしてカチャカチャとキーボードを操作し、何度も指先確認をし、ようやく1枚の切符を取り出した。

駅員さんは丁寧に切符の最初から最後までを読み上げながら確認していく。

完璧だ。

もうこれ以上の完璧さはあるまい。これで、ようやく私はなんの心配もなく東京から名古屋まで帰ってくることができる。

あぁ、神様。ありがとう。ありがとう。

完璧な切符をその場で写真に撮り三度目の間違いはないよな、と心配だか期待だかに包まれて待っていてくれる某ＳＮＳの仲間にあてて写真をアップした。

隅から隅までチェックしてくれたみんなからＯＫのコメントが次々と。

やれやれ。

こうして、３日間におよぶ切符との戦いは幕を閉じたのだ。

いつもあるとは限らないもの

家族で食事に出かけたときには、家計を預かっている私が支払いを済ます、というのがまぁ、定番で。

けど、時々、ほんとに時々その支払いが夫の財布からなされることがある。

一つは夫が自ら進んで「今日は俺が払うわ」という場合。

もう一つはよんどころない理由により夫が仕方なく払う場合。

前者のときは、まったく問題ない。これはもう気持ちよく心から感謝の笑顔とともに「ごちそうさま！」と手を合わせる。夫も家族も満ち足りている。

けど、後者の場合はそうはいかない。

あ、いや、私は心から「ごちそうさま！」と感謝の笑顔を送るのだけど、夫としては「なんだかなぁ」という気持ちを拭えないのだろう。

なぜそんなことになるのか、というと、理由は簡単である。

私の財布にお金が入っていないことがままあるからだ。

家族で楽しくおいしく食事をした後、レジ前でお財布を開いた私が「わっ！」と叫ぶ。

これは幾度となく繰り返されてきた光景。いや、わざとじゃないよ、決してわざとじゃありません。

たまたま、前日に何か突発的な事情でお金を使ったのに補充するのを忘れていた、という、まぁ、よくある失敗ですわ。

なので夫はいつも私がレジでお金を出すまで絶対にそばを離れない。

私が「わっ！」と叫ばずにお金を支払いお釣りをもらうのを確認してからおもむろに店を出る。慣れたもんである。

だから、いつでもお財布の中にいくら入っているか完璧に把握しているという人を、私は尊敬している。

いや、私だってだいたいは分かる。だいたいいくらくらいか、というか、1万円札が入っているか入ってないか、くらいは分かっているつもりなのだけど、この記憶がまたなんというかあやふやで、しかもすぐに忘れる。

つい先日、休み明けの月曜、仕事帰りにスーパーに寄って買い物をしたのだけど、レジに並びながらふとお財布を開けたら中に3530円しか入ってなくて。

これはヒジョーにビミョーな金額だ。ほとんど毎日仕事帰りにスーパーに寄るのだけどだいたい支払いは3000円くらいになる。

ということは、手持ちで払えるか払えないか、ギリギリ瀬戸際ってやつだ。

どうしよう、列から離脱してお金をおろしに行くか、もしくは何か買うのをやめて減らすか……。それとも、このまま己の幸運を信じるか……。

究極の三択の中でどれを選ぶか悩んでいるうちに自分の番になってしまった。これはもう運を天に任せるしかない。

レジのお姉さんが次々読み込む値段を凝視、1000円、2000円、3000……。

うう、やめて、そこで止めてお願い止まって!!

心の叫びが届いたのか、現計を押されて確定した金額はなんと、3230円!

すごいぞ! すごいぞアタシ! 端数がピッタリじゃないか!

これはやはり常日頃からテキトーにカゴに放り込んでいるように見えて、知らないうちに身に着いた「主婦的感覚」ってやつだな。

得意気に3530円を出し、お釣り300円を受け取る。

なんだろう、この満足感は。なんだろう、このしてやったり感は。

という、まぁ、いわゆる、よくあるレジ前攻防の翌日、またスーパーのレジに並んでいたのであるが、その日は事前にお財布チェックをする間もなく即自分の番になってしまったのだ。

あ！　お財布にお金を補充するの忘れてた！　３００円しかないぞ！

まずい。どうする、今更戻れないよな……。

何か買い忘れたフリして離脱し、お金をおろしてくるか。

いや、そんな姑息な手を打つほど落ちぶれちゃいないぜ。

うーむ。いたしかたない。ここは笑顔で正直に説明しよう。

「すみません。お金を入れてくるの忘れたのでおろしてきます！」

商品をレジに残したまま入口のＡＴＭへ走る。

あぁ、スーパーにＡＴＭがあってよかったなぁ。

おろしたてのお金で支払いを済ませたあと、このスーパーに来るようになって何年も経つけどいったい今まで何度この「すみません！　お金おろしてきます！」という恥ずかしいセリフをレジで発したのだろう、と記憶をたどる。

たどってみたけど、思い出せない。思い出せないくらい何度も繰り返しているってことか。

恥ずかしいなぁ。

本屋で、コミックを買おうとした子どもが財布の中身を全て出しても10円足りずに走って家へ取りに戻る、なんてのは微笑ましい光景ではあるけど、主婦歴20年を超えた大人のオンナが、レジで「すみません、ちょっとお金が足りないのでおろしてきます」と告白するときの羞恥っぷりといったらもう筆舌に尽くし難し。

この羞恥MAXにいったい何度遭遇したことか……というかいい加減学習しろよアタシ！

近所のスーパーでお財布にお金が入ってないときにはATMに駆け込めばなんてことなく問題は解決できるのだけど、これがちょっと遠くで発覚するとかなり大変なことになる。

去年、とある作家さんの書店回りに（突発的に）同行して隣の県に行ったときのこと。

2店舗回ったあと、予定外に同行してしまった（お荷物な）私を名古屋駅まで送り届けているとその後のパーティーに間に合わなくなりそうだということが発覚。

それなら最寄りの駅で降ろしてくれたら自力で帰りますよ、遠いって言っても隣の県だし、電車さえ間違えなければ帰れますよ。

なんてったって隣の県ですから！　と申し出る。

あぁだこうだと相談しているみなさんを横目に来店記念にシールでも買って行こうとレジに。

財布を開けたら、そこにあるのは10円玉が6枚……。

はっ！　どゆこと⁉　しばし呆然……。

あ、思い出した。今朝、子どもらがそれぞれテキストだの模試のお金がいるだのってんで、お札を全部渡したんだった。

その日は公休日だし出かける予定もなかったからうっかりそのままだったんだ！

まいった、どうしよう、今更いりませんなんて言えない……。

致し方ない。とりあえずクレジットカードで買おう。

シール２枚４２０円をカード払い。

いや、そんなことより、60円じゃ名古屋まで帰れない！

ATMに！　ATMに行かせてください‼

完全無欠の赤面状態で事情を説明し、ATMに連れて行ってもらい、無事お金確保。

しかもこんな（頼りない）人を知らない駅で放置するわけにはいかないと話がまとまったようで、結局名古屋駅まで送ってもらい平身低頭最敬礼で別れた次第。

あの日のことを思い出すと今でも申し訳なさで背が縮む、じゃなくて、身が縮む。ご迷惑をおかけしたみなさん、すみませんすみません。

しかし、お財布にお金をちゃんと入れていても問題は起こる。

世の中の主婦百人に「財布を忘れて買い物に行ったことがありますか？」と、聞いたら、多分七十二人くらいは「あります」と答えるんじゃないだろうか。それくらい、よくあることなんだと思う。主婦にとって財布忘れ、ってのは。

私も、自慢じゃないがしょっちゅうお財布を忘れて買い物に出かける。

あまりにもよく忘れるので何が問題なのか、検証してみたら、カバンやお財布を日によって変えることが、大きな問題だと気付いた。

朝起きて、その日の気分や着ていく洋服によってカバンやお財布を変えていたのだけどそれが大きな原因だったのだ。

そもそも、なぜそんなにしょっちゅうカバンやお財布を変えるのか、と問われると
そんなに大した理由があるわけでもないのだ。
賢い主婦向けの雑誌で「お財布を用途によって使い分けましょう」という記事を読
んでから、家計用、自分用、と常に二つのお財布を持ち歩いていたのだが、これがか
さばるのかさばらないのかさばるの、って邪魔でしょうがない。
それでいつのまにか二つのお財布を交互に持ち歩くようにして、家に帰ってから用
途別に清算していたのだが、だんだん面倒くさくなってやめてしまった。
だけど、用途別にと思って用意した二つのお財布。どちらも気に入ってるからどち
らか一方なんて選べない。どうしよう。
じゃあ、順番に日によって使い分ければいいじゃない？　と思ったのが始まり。
カバンについては、なんだろうなぁ、遺伝かなぁ。実家の母親も毎日違うカバンを
持ち歩いていたから、そういう刷り込みかもしれないなぁ。
けど確かに、毎日同じカバンに同じお財布を入れて使っていたら、そうそう忘れる
ことはないわいな。
よし、一度決めたら一本道。徹底的にその道を歩き続けることにしよう。

ということで、お財布とカバンを一定期間は変えずに同じものを持ち歩くことにした。
この努力によってお財布忘れ事故はかなり防げるようになった。
今のところ、この一ヶ月ほどはお財布忘れ事故は発生していない。

ハイだと思ったらタコだった

「夏に生まれたから冬は苦手なのよねー」

と言う人には、

「そうそうそうそう！　夏生まれにとって寒さって耐え難いのよねー」

と激しくうなずく。

そして、

「冬に生まれたから夏は苦手なの」

と言う人がいたら、

「いやいやいやいや！　夏に生まれても暑さってのは防ぎようがないものなのよー」

と優しく諭す。

私は正真正銘夏生まれなのだけど寒さにも暑さにも弱いのである。

冬になると室内にいても、外で4時間くらい雪遊びしてたの？　というくらい身体は冷え切り、手の先など触れるもの全てを凍らせることができるんじゃないかというくらいキンキンになる。冬眠のカエルのように動きも思考も鈍くなる。実際体温も36度を切る日が続く。

これだけ身体が冷えに順応しているのだから夏は楽だろう、なんて思うのは素人考え。

夏になるとこれがまた人間湯たんぽかいっというくらい体温が上昇していく。平均体温は37度近くになり、ポッカポカである。

見えるところにあまり汗をかかない、という女性にはうれしい体質ではあるのだが、汗をかかないためにどんどん熱が身体にこもりヒートアップし続けるというワケでして。

夏に私のそばに寄ると触れなくても熱を放射しているのが分かるらしい。そっと後ろから忍び寄っても「暑い！」と振り向かれることもあり、夏場は尾行もできやしない。

それだけ体温は上がるのだが、エアコンや扇風機の風を受けると体表温度はどんどん下がり、冷蔵庫から出したばかりのフルーツゼリーのようにヒンヤリ冷え冷えになってしまうのである。

外気温に合わせて体温を変化させる変温動物のようだとよく言われるけど、それなら寒い季節の冬眠も許してほしいもんだ。

暑さ寒さ両方に弱い私であるが、高温多湿には特に弱い。

なんというか、息ができなくなるのである。

息苦しい、とか、そんなレベルではなく、自分の中ではもはや呼吸困難、酸素ボンベください！　と叫びたくなるほど。

サウナなんて入ってすぐに暑さよりも酸素不足に耐えられなくなり、くくくくるしいっ……と言って出てくることになる。

サウナほどでなくても梅雨の末期、ほぼ夏という頃の雨も息苦しくて呼吸が速くなってしまう。夏も冬も梅雨も苦手ということだ。

こんな私だが、中高大とソト部（つまり外で運動するクラブ）でぶいぶい言わせていたのだ。

最近は気温が36度を超える日がざらだが、その頃はまだ真夏でも30度を少し超えるくらいだったと思う。（ちょっと）昔に青春時代を過ごしていてよかったよかった。

今よりもずっと涼しい夏ではあったけど、やはり高温多湿に弱い私であるから、真夏の練習中や合宿ではしょっちゅう倒れるのである。

　月曜の朝にやる校長先生の無駄に長くてありがたい話の途中でふらりと倒れたり、満員電車の中でいきなりしゃがみ込んだりする、いわゆる軟弱性貧血も恒例行事だったが、夏のクラブの途中でも毎年毎年飽きもせずに倒れ続けたのだ。倒れる前に自己申告して木陰で「やれやれ」と休んでいればすぐに回復するのだけど、これが回復せずにどんどんひどくなることもあるから困ったもので。

　大学一年の残暑まっさかりというころ、練習中に例によって頭がくらくらしてなんとなく呼吸がしにくくなってきた。

　先輩に言って木陰で休ませてもらっていたのだが、休んでいても全然回復しない。回復するどころが息苦しさが増してくる。これはやばい、苦しいぞ、すんごく苦しいぞ。

　息苦しさを回避しようとして呼吸が速くなる。はぁはぁはぁはぁ、と浅く速く呼吸を繰り返すのだが苦しさはますますつのる。なんというか、肺に穴があいているような、息を吸っても吸っても肺に酸素が送り込めないような、そんな苦しさに両手で胸をかきむしりながらその場に倒れ込んでしまった。

倒れ込んでもだえ苦しんでいる私を見つけて仲間は騒然となる。タオルであおいだり水を飲ませようとしたり……。

いつもの不具合とはレベルの違う苦しみ様に先輩が一一九番に通報。救急車出動要請！

本人もみんなも「このまま死ぬかもしれない」と覚悟を決めた刹那、救急隊員到着。電話からわずか5分。そして人生初の救急車乗車。遠のく意識の中で思い浮かぶのは両親の顔。

お父さんお母さん、親不孝者の私を許してください……。

すると、いきなり隊員が私に袋を被せた。

なななななななななななにすんねんっっっ!!!

胸をかきむしっていた手で袋を外そうともがくが、慣れた手つきで抑えられる。

「はいはいはいはい、落ち着いて落ち着いて、ゆっくり息を吸ってー、はいはい、吐いてー、吸ってー、吐いてー」と。

いや、吸えないから！　吸えないから苦しんでるんだってば！　酸素！　酸素ボンベください!!　なんで袋なんて被せるのよ！　苦しいじゃんっ!!

と、暴れている間に病院に到着。袋を被ったまま運ばれていくうちに、あれ？　あれ？　息が、できるよ？

近づいてきたドクターは状況説明を受けた後、一言。

「うん。過呼吸ね」

一応あれこれ検査され、1時間ほど休んだあと「念のため明日もう一度来てね」と言われ、迎えに来た先輩たちと一緒に帰宅。

下宿で寝ていたら先輩から連絡を受けた母親が飛んできた。

「もう、びっくりしたわぁ、なんだったの？　大丈夫？　貧血？　でも、お父さんに連絡したら紙袋被せとけば治るっていうし、どういうことかしらね」と。

袋……そうだ！　救急車で袋被せられたよ私！　ひどいよね、あの隊員、人が酸素が吸えなくて苦しいって言ってるのに、袋被せて息を吸え、とか、ほんと意味分かんないし！

翌日、母親と一緒に病院へ。昨日のカルテを読み終えたドクターは振り向きざまにこう質問した。

「娘さん、一人っ子？」

は？　なんですのその質問？　私が一人っ子かどうかが肺の問題に関係しますのん？

軽くむっとしながら「いいえ、兄が一人います」と答えると、

「あぁそう、まぁ、どこも異常はないです。過呼吸症候群といって若い女性、とくに甘えん坊に多く見られる症状ですね。今までもあったでしょ？　これからまた苦しくなったら紙袋を口に当てて二酸化炭素を吸ってください。そしたらすぐ楽になりますから」

なんなんだ？　カコキュウ？　二酸化炭素？　肺に穴があいてるんじゃないの？

全身からハテナを放出しているとドクターが丁寧に説明してくれた。詳しいことは忘れたが要するに、酸素を摂りすぎて体内の酸素濃度が上がって苦しくなるのだから、自分の吐いた二酸化炭素を吸えば濃度がもとに戻り治る、ということらしい。なんじゃそれ。

もう死ぬかもしれない、と思うほど苦しかったというのに、紙袋一枚で治るってか。てっきり先天的に肺が弱くて激しい運動をするとそこに穴があいて呼吸困難に陥るんだ、と思い込んでたのに、酸素吸い過ぎってか！

心配しているクラブの先輩や仲間に説明したらみんなほっとしてくれたのだが、「過

呼吸」を「多呼吸」と聞き間違えた誰かのせいで、その後しばらくは「タコちゃん」と呼ばれるはめに陥ったのは一生の不覚である。

赤いもの、それは

小学二年から大学一年まで、ほぼ10年間、私の世界からチーズとケチャップが消えていた。

つまり、10年にわたりチーズとケチャップが嫌いだったのだ。

ケチャップに関しては、好みはしないけどチキンライスやナポリタンスパは食べられたのでふんわりとした苦手味という感じだが、チーズは全く食べなかった。これは間違いない。

なぜチーズとケチャップが苦手だったのか。

あれは小学二年の夏、母親と一緒にショッピングに出かけていたときのこと。買い物も終わりお昼ご飯も食べ、さぁ帰りましょうか、と駐車場に向かっているとアーケード街に新しいお店が出来ていた。

そこはお持ち帰りピザのお店であった。

なんてったって新モノ食いのアタクシである。新規出店のお店をスルーすることなんてできるわけがない。

お昼を食べたばかりで全くお腹は空いてなかったのだけど、とにかく何か買ってくれ！　とねだり倒し、アメリカンドッグとピザを買ってもらい、ほくほくと帰途についた。

家に向かって走りだした車の中で、ホカホカのそれらは得も言われぬ魅力を放っていた。

「ちょっとだけ食べてもいい？」

「もうすぐお家に着くから我慢しなさい」という母親の言葉を無視して、そっと取り出した全長20センチ（記憶による）の大きなアメリカンドッグ。ちょっとだけ、とかじると口に広がる酸味と甘味と塩味。おお、おいしいおいしい！　なんておいしいんだ！

ちょっとだけ、のつもりが気付けば完食。そして刺激された食欲は止まることを知らずピザへと手が伸びる。

直径40センチ（あくまで当時の記憶による）のピザの四分の一を食べ終えたとき、突然思い出した。

車の中でモノを食べると酔うんだった。

思い出した瞬間、酔いとともにこみ上げる何か。

「ママ……気持ちワル……」

その後のことは思い出したくもない。

あ、いやいや、運転中、突然背後からチーズとケチャップにまみれた何かを噴出された母親の方がきっと思い出したくないことだろう。多分路肩に車を停めて、チーズとケチャップにまみれて呆然とする私と車内をざっと掃除した後、げんなりしつつ、母は家路を急いだのだ。

あの頃の私に戻って謝ります、ホントどうもすんません。

しかし、私もかなりのダメージを受けたのだ。なんといってもその後10年間、子どもが大好き二大風味チーズとケチャップを排除した生活を送って来たのだから。

そんな苦しく悲しい思い出とともに失っていたチーズとケチャップは10年後、あっけなく私の人生にカムバックした。

大学生になり、クラブの先輩に食べ放題ピザに連れて行かれると、「チーズとケチャップは食べられません」なんてタワケたことを言えるはずもなく。

「ありがとうございます！　おいしそうです！　いただきます！」とひきつる笑顔を浮かべつつ恐る恐る口に運んだ。

「おわわわわわ――っ！」

10年間避け続けて来たあの恐怖の味が、この世のものとは思えないほどおいしく感じられるではないか！

あぁ、そうかそうか。私が遠ざかっていた10年間に、ヤツらはこんなにもおいしく熟成されていたのか。進化って進化って、すごいねー。食べられる！　食べられるよ、お母さん!!　VIVA！　チーズ&ケチャップ！

ということで、それからチーズもケチャップもどんとこい！になったのである。

しばらくの間、食べ放題ピザのお店に通っては10年分の不足を補うようにチーズとケチャップを補給し続けた。

そういえば、チーズとケチャップと決別した小学二年のころ、なぜかしょっちゅう鼻血を出していた。この鼻血体質は娘にも遺伝し、授業中だろうが睡眠中だろうが所構わず鼻血を出しては周りを驚かせている。

朝起きたとき、顔中血まみれの娘が寝ているのを見た瞬間の恐怖たるや！　サスペンスか！　ホラーか！　鼻血だとわかっていても動揺してしまうのである。まったく人騒がせな子どもだ。

その鼻血全盛期の小学二年のときのこと、真夏の集団下校中なんとなくイヤーな感じがじわじわときた。鼻血マスターには鼻血が出そうな感覚というのがわかるのである。来る！　来る！　きっと来る！

で、その気配を感じた瞬間鼻から生温かいものがつつつーっと。あわててしゃがみこみ鼻を押さえる。

当時は鼻血が出るとティッシュを鼻に詰めて上を向いて止める、という処置が一般的であった。

マスターとしてはいつも通りのその手順で鼻血を止めようと努めた。

しかし、そのときはなぜか止まりが悪くてしばらく座っていても治まる気配がない。同じ分団のみんなも心配そうに見守っている。これ以上みんなに迷惑はかけられない。止まってないけど帰ろう。

歩きながら何度かティッシュを交換する。カバンの中に血まみれのティッシュがたまっていく。気持ち悪いなー。しかもなんか口の中も血の味でいっぱいだし……。

小学生のとき
なぜかよく
突然鼻血を
出していました
ティッシュ
そして
私の娘もなぜか
突然
鼻血を
出します
やっぱり
私の娘ね
ギュー
だんなさん
そんなところ
似ないでほしいです

10分ほど歩いた頃、突然目の前が真っ暗に。そしていきなりこみ上げる鉄の味。なんと、いたいけな私は口からどひゃ――――っと血を吐いたのである。分団はパニックである。

そりゃそうだ、突然友達が血を吐いて倒れたのだから。

わーわー騒ぎまくる低学年をなだめながら六年生の班長さんは冷静に動いた。近くにある簡易郵便局に駆け込むと、

「すみません！　二年生の子が血を吐いたんです！　助けてください！」

郵便局の人も驚いただろうな。外に出たら血まみれの子どもが倒れているのだから。あわてて局内に運び込んでソファに寝かされ、班長さんから事情聴取。

と、どうやら鼻に詰めたティッシュのせいで行き場を失った鼻血が口からあふれ出ただけのようだ、倒れているのは貧血だろう、これならしばらく休ませたら大丈夫だ、と判断。他の子どもたちを先に帰らせ、私の家に連絡をしてくれた。

驚いた母親が駆け付けたときには鼻血も止まり涼しい局内でオレンジジュースなんぞを飲んでいた。

洋服は血まみれだったけどな。

それから約20年後、たまたまその郵便局に行ったとき、対応してくれた局の方が私の顔を見て「あっらぁ、うちの前で血を吐いて倒れた子でしょう？　まぁ大きくなってぇー」と。

いやいやその節は大変お世話になりました。おかげさまでこんなに立派な大人になりました。しかしよく覚えていてくださいました、とうれしいやら恥ずかしいやら。

私もいつか、道端で鼻血を口から吐いて倒れている子どもがいたら精一杯の手当てをしてあげよう、と心に誓ったのである。いまだにその機会は訪れていないけど。

小学二年、と聞くといつもこの二つを思い出す。ケチャップと鼻血。赤いものに彩られた思い出。

消えた10番出口

人には相性というものがあって、その良し悪しはちょっとやそっとの努力じゃ変えることができないもののようだ。

相性がいい場合はいいよ。人にしてもものにしても「なんとなく相性いいんだー、うふっ」と言ってればいいのだから。

それがなんとなく相性が悪いものと、かかわり続けなければいけないときの気分の不安定さったるや、もう。

前にも書いたのだけど、どういうわけか私は名古屋市の地下鉄名城線とは全身くまなく相性が悪いようで、どうにもこうにも……。

普段どこかに出かけるときにまず考えるのは、名城線を使わずに行けるかどうか、ということ。もしその目的地が名城線沿線であるならもうあきらめるしかないが、乗り換えでどうにかなるとしたら多少の大回りなど気にもしない。大回りどんと来いウエルカム！　である。

その相性の悪い名城線新瑞橋駅にある七五書店にはここ数年何度も行っているのだけど、どういうわけか、簡単にたどり着けたことがないときたもんだ。

そもそものはじまりがいけなかったのかも知れない。

初めてその書店を訪れたのは2年ほど前、本の雑誌社の炎の営業S江氏をご案内したときなのだけど、そのときに新瑞橋駅で少々迷ってしまった。

どうもそのときのことがトラウマとなり何度行っても駅で戸惑ってしまうのである。

この秋、名古屋の本の祭り、ブックマークナゴヤのイベントの打ち合せでその七五書店に行くことになったのだけど、新瑞橋駅は実は名城線ではなく桜通線でもたどり着けるので迷うことなく桜通線を選び、当然のように大回りしてその駅へと急いだ。

とりあえず駅で降りるとほとんどの駅がそうであるように、ホームの前と後ろに階段がある。

どっちだ。どっちに行けばいいんだっけ?

周りを見回す。と、下車した人々の足は迷うことなく前へと向かう。そうか、前か。

こんなに圧倒的にみんなが前に行くんだから前に違いない。

ということで前の階段から改札へと向かう。

改札から出て再び周りを見回すと通路に地上の地図があるではないか。

おお、これこれ、これを見てどこから出ればいいか決めよう。

目的地の七五書店は駅を出てから桜の名所山崎川の方に歩き、橋を渡って5分ほどのところにあったはず。地図の真ん中を流れている山崎川、そっちに向かって進むためにはバスターミナルを目指して外に出ればよいっと。

ふむふむ、バスターミナルは10番出口ね。

振り向いて通路に書いてある看板を見る。10番出口はずっと向こうにあるようだ。

さて、出発しよう。

どんどん歩く、まっすぐ歩く、10番出口を目指して突き進んでいく。

しばらく歩くと右手に桜通線の改札口が……。え？　どういうこと？

これはもしかすると先ほど私が地下鉄を降りたホームで前に行くか後ろに行くか迷った末、状況を的確に判断して決めたのと反対方向にあった後ろの階段からの出口なのか⁉

なんということだ。あのとき、ほとんどの人が前へ前へとなんの疑いもなく進んで行ったのを見て流されてしまったために、こんなにも遠回りをしてしまったというのか。

かなりの時間と体力を無駄にした。もったいない。さっさと進んで取り返さねば。

右手の改札口を華麗にスルーしてそのまままっすぐ進んでいくと、目の前に階段が。そしてその向こうに整然と並んだ自転車が……。

おかしい。どういうことだ。なぜ自転車置き場に来てしまったんだ？

いや、でも私が目指しているのはバスターミナルだ。バスターミナルというのは地元のみなさんが方々から自転車で集まってきて乗り換えて行くところだ。ということは自転車置き場があるのは吉兆だ、きっと。

しかし、私の記憶にあるバスターミナル出口から自転車置き場なんて見えたかなぁ。と思いながらふと右を見るとそこに細い階段が。あぁ、あるじゃないか、こんなところに正しい出口が。妙に細いけど。

うきうきと階段を上る、かろやかに一段抜かしで地上に飛び出した。すると、そこには見たことのない風景が広がっていた。

ここは、いったい、どこなんだ……。

周りをぐるりと見渡してみても、バスターミナルどころかバス停の一つもない。これは、いわゆるひとつの、間違いってやつか。

困った。どうしよう。全方位確認してみても進むべき道がわからない。とりあえずスマホでその場所の写真を撮り、待ち合わせしている七五書店のMさんあてに送る。

「ここはどこ？」

しばらくぼんやり立っていたのだけどこういう時は落ち着いて人と車の流れを見てみるに限る。

私が出たかった場所はバスターミナルである。バスターミナルというのは人がたくさん集まるところだ。しかも近くに大きなショッピングセンターもあったはず。ということは人や車が多く向かう方向がそっちに違いない。

ならば車の流れの多い方向、つまり出て来た方向と反対側に進んで行けばいい。ビンゴ！　見覚えのある交差点が見えて来たではないか！

さすがだ、私のカンは今日も冴えている。

足取りも軽く進んでいくと前方からMさんが自転車で全力疾走して来た。

やぁやぁ、ありがとうありがとう、無事にたどり着いたよ。

一緒に歩きながら事情聴取。あ、いや、だから地下に貼ってあった地図がだね……。

目的地のお店に着くと寡黙なイケメン店長Gさんはニヒルな笑いで迎えてくれた。

まいどまいどお騒がせしてすんません。

地元住民の二人の解析によると、どうやらホームで前に進んだのは間違いではなく、そのあと改札を出て地図を見に行ったときに自分のいる場所を誤認したのではないか、そしてバスターミナルの出口の番号を勘違いしたのではないか、ということだ。

正しい出口は5番！　とにかく5番を目指せ！

そうなのかなぁ。おかしいなぁ。そういえば途中で10番出口っていう看板はなくなってたよなぁ、どこにいったんだ、10番出口。

そんな失敗も乗り越えて、そのひと月ほど後にまたまたその七五書店へと向かうことになった。東からと西からのお客さまをお連れするという重大なミッションを帯びて。

しかし、今回はいつもいつもお世話になっている同業他社のYさんと関西出身なのに名古屋の中心部に私よりも詳しいI店長もいるので、全くの無問題。

ホームで地下鉄を降りた後、念のため地図を確認。うん、間違いない、前でよし。ぞろぞろと前の階段から上へ。

改札を出たところでYさんが「5番出口ですよ！」と。

そそそそ、そうだったそうだった。この間Mさんに何度も繰り返し教えられた番号だ。

案内板にしたがって進んで行くが、こんな通路今まで通ったことないぞ、と、微妙に不安になる。おかしいなぁ……。

しかし、その出口に向かって階段を上っている途中、頭上に見えてきた風景に脳内ドーパミンが出まくった！

ここだ！　ここだここだ！　ここなんだ！　私がずっとずっと出たいと思い続けてきた出口は、ここなんだ‼

あぁ、苦節2年、長い道のりだったよ。そうかそうか、やっぱり地元住民の言うことは正しかったよ。ありがとう、これでもう私は二度と間違わないよ。

そして心なしかほっとした表情の遠方からのお客さん三人も声をそろえて言った。

「私たちも覚えましたよ、5番出口」

もやし問題に希望の光

総体的に数字が苦手である。計算も苦手だが、なんというか、数字が無意味に並んでいるのを覚えるってのも苦手である。

多分、前世は「1、2、3、たくさん」というレベルで、すべてが賄えた世界を生きていたいたいけな主婦なんだと思う。

主婦が日々の生活のなかで計算を苦手とすると困るのが買い物である。

基本的にほぼ毎日スーパーに寄って、家族に愛情たっぷりなメニューを食べさせるための食材をあれこれ買う。

あれこれ選んでカゴに入れてレジに向かう。スーパーのレジの人は本当にてきぱきとしていてすごいなぁといつも思う。レジカゴにぴったりと買った物を移し替えていく技なんてホント神がかり的だ。美しい。

などとぼんやり思いながらお金を請求されてびっくりする。

え？　そんなに買いました？　私？

どきどきしながらお財布を開ける。あぁよかった、今日はちゃんとお金が入っている。

その日に買う物を全てメモしスーパーに行く友達がいる。それ以外の物は買わない。すごいなあ。

そもそもスーパーにほぼ毎日寄っているとこれがなんというか惰性というかマンネリというか同じ物を同じように買ってしまいがちで。

スーパーに行く＝これを買う、という数式が染みついてしまうのだな。主婦病というやつか。

例えば牛乳を2本、卵1パック、お肉1パック、ヨーグルト1パック、ウインナー1袋、というのは定番。何も考えていなくてもすすすっと手が動き知らない間にカゴに入っているのである、ほぼ、毎日。

それをほぼ毎日消費していけば問題はないのだが、たまに家族の外食が続いて夕食のメニューが変更に次ぐ変更となると、たまっていくのである。牛乳と卵とお肉とヨーグルトとウインナーが。

先日ふと気づいたら冷蔵庫に牛乳が4本、卵が3パック、お肉が4パック、ヨーグルトが3パック、ウインナーが4パック、たまっていた。

しかも冷凍庫には小分けしてスタンバっているお肉の塊がゴロゴロと……。

これはまずい。需要と供給曲線がぶれている。こういうときは供給を止めてしずしずと消費するしかない。1週間にわたる「お肉購入禁止令」を守り、毎日在庫肉&卵料理三昧である。

しかし買い物に行っていつもと違う手順で物を買う、というのは、なかなか不安定なもので。なんとなく違和感に包まれた日々であった。

そういえば、毎日買うわけではないけれど、買ってからいつも後悔する物に、もやしときゅうりがある。

なぜ、もやしときゅうりを買って後悔するのか。

この二種類の野菜は水分が多いのである。もとい、水分が多い、ということを目の当たりにしやすい野菜なのである。

多分、どこの家庭の冷蔵庫にも袋の中で半ば水化しているもやしときゅうりのパックがあるのではないだろうか。

そうなのだ、しかもこの二種類の野菜は、売り場でなぜか知らないが「もやし3パック100円！」だの「きゅうり4本100円！」だのと、まとめ売りされがちなのである。

賢い主婦を目指す私は、少しでも家計をうまくやりくりするためにこのまとめ買いを適時利用するのだ。

そして、まとめて3パック買ったもやしが、3日後あたりから水化していくのである。きゅうりは1週間あたりからか。

そもそも、もやしやきゅうりがあまり好きではないのであるよ、私は。

しかし自分の好き嫌いを家族に押し付けちゃいけない、と心を鬼にしてせっせともやしやきゅうりを買うのだけど、やっぱり使うときになるとなんとなく敬遠してしまい、見て見ぬふり、となるのである。

使われないもやしときゅうりは、徐々に野菜室の下の方へと押しやられ、気付くと袋の中で白濁した水分とともに、できれば触りたくない雰囲気を醸す物となって横たわっている。

同僚から「冷蔵庫の中身を確認してから買い物に行けばいいのに」とか「使わないくせにまとめ買いをするんじゃない」とか「毎日買う物だけメモって行け」とか、すこぶるごもっともな指摘を受ける。受けるのであるが、なかなかこれが身に付かないのだ。

ゴミの日に水化したもやしときゅうりを捨てるたび、心が痛む。

「私になんか買われなければ、きっとおいしい料理と姿を変えてどこかの家族団らんの真ん中に鎮座していただろうに……ごめんよごめんよ……」と涙にむせぶ。

そしてその後しばらくは、もやしときゅうりは買わずに済ます。もともとあまり好きではないからなくても全然かまわないし。

そんなもやしときゅうり問題を抱えた私にある同僚が教えてくれたメニューが、画期的過ぎて目からうろこがボロボロ落ちまくった。

それは、「もやしの春巻き」。

なんてことはない、春巻きのタネがもやしなのである、しかも生！

春巻きの皮の上にハムをぺらりと乗せて、そこに生のままのもやしをどんっと置く。そして包む。こんがりと焼く。

なんということだ。あんなに私の心と頭を悩ませていたもやしたちがこんなに簡単にしかも大量に消費できるなんて！　春巻きの皮10枚でもやし2パックを消費するこの画期的メニュー。まさに、もやし問題を抱える私にとっての救世主！　そしてそのもやし春巻きの下に細切りにした大量のきゅうりを敷く。これできゅうりも軽く4本は消費できる。

ときどき衝動的にもやし3パックを買ってしまったときは、必ずこのメニューが登場する。そしてさくさくと消費してさっぱりする。

こうしてもやしときゅうり問題を解決した我が家で次に問題となりつつあるのは、スパゲティ。

先ほど確認したところ、300グラムの袋が三つとお買い得500グラムの袋が一つあった。

まぁ、腐るものではないので大勢に影響はないのであるが。

しかしなぜ買ってしまうのだろう。通りすがりに、ふと、何気なく一袋、意識せずに。

報われぬ努力の果てに

世の中には報われない努力というものがある。

その日、私は夫と娘と三人で名古屋から京都府のとある市に向かっていた。

天気はいいいし、三人で出かけるのは久しぶりだったし、絶好の行楽日和だし、非常に気分のいいスタートだった。

スタートは気分上々だった……のだが……。

左手のキラキラ光る海の、穏やかなまさにのたりのたりな風景に見とれながら伊勢湾岸自動車道を走っていると「四日市東―亀山間20キロ渋滞」の文字が……。

これは困った。お昼に待ち合わせをしていたのにこのまま渋滞にはまっていたら、約束の時間に全く完全にかけらも着けないではないか。

参ったなぁ。どうしようか。

すると、運転していた夫が「どこで何があって渋滞してるのかちょっと調べてみて」と。

すかさずスマホを取り出し「名神　高速　渋滞」と入力し調べる。

ネクスコなんとか、渋滞情報、高速情報……といろいろ出て来た。

とりあえず渋滞情報を見ながら夫に伝える。

「えっと、火災事故2件、通行止めだって！　わ！　通行止め!!　どうする？　えーっ！」

少しずつ流れが遅くなり、あれよあれよという間に車が止まり、渋滞にはまり込んでしまった。

夫がぼそぼそと何か言ってるのだけどよく分からない。シンメイシンだのサンマルロクだのスカイラインだのカメヤマだのバイパスだの言ってるが、なんだなんだ、いったいどうしようっていうんだ。

こういう不測の事態に陥ったときこそ助手席ナビ役である私の出番である。

スマホを華麗に操作し情報を次々と伝える。

「えっとね、員弁《いなべ》から鞍掛峠を通るところが通行止めだって。うわ、困ったね。これじゃ絶対間に合わないよ。どうする？　遅れますって電話しようか？」

私があれこれ善後策を考えている間に夫はびみょーにイライラしながら四日市ＩＣ

で降りて一般道を走り出した。サンマルロクで抜けていく、という。

すかさずグーグルマップで現在地を確認する。

「ふむふむ。サンマルロクってのは国道三〇六号線だね。ってことは、高速降りたあとバイパスでいけばいいんじゃない！　亀山まで一般道で行けるよねー。新しい道できてるしー。っていうか、鞍掛峠ってどこかなぁ？　うーん、この地図よくわかんないよねー。どんどん勝手に動いていくし。あれ？　でもさ、それ途中で火災通行止めなんじゃないの？　あ、ちがうか。三〇六の右の方で通行止めになってるだけで左の方は動いてるわけか。そかそか。勘違い勘違い、へへへへへ」

へらへらと笑っているうちに夫はすいすいとまるで地元の道のように走って行く。しばらく走っていると、併走している高速道路がさっきよりも動いているのが見えてきた。

「これは鈴鹿ＩＣからまた乗って行った方がいいかもな」と夫。

ふむ、まぁ、それは賭けだね。高速か一般道か、どっちを取るか、一か八か、運命をカンに賭けてみますか？

運を天に任せて鈴鹿ＩＣから再び高速に乗る。

「完全に止まってしまったらアウトだけど、少しでも動いてるなら高速の方が早いよねー」

「あ！　でもだめだよ！　亀山でも火災通行止めだってば！　高速止まってるんだよ！」

「ん？　あれ？　亀山も火災通行止めで鞍掛峠も火災通行止め？　なんであっちこっちで火災が起きてんの？　しかもどっちの情報も火災2件って書いてある。ん？」

「あれあれ？　もう渋滞終わったの？　火災は？　どこで燃えてた？　もしかして反対車線だったの？　あれ？　通行止めはどこいったの？」

「っていうか、これって今どこ？」

頭の上にたくさんのハテナを並べていると、さっきまで眉間にシワを寄せて運転していた夫が言った。

「今、走ってるのはシ、ン、メ、イ、シ、ン、新名神高速道路。さっき、あなたが調べてたのはメ、イ、シ、ン、名神高速道路。鞍掛峠は国道三〇六号。通行止めは冬期だからでしょ。毎年通行止めになってるじゃん。亀山が渋滞してたのは、ただ単に交通量が多いから、つ、ま、り、自然渋滞。で、わたしが調べて欲しかったのは渋滞していた四日市から亀山の間の抜け道。どぅゆあんだすたん？」

どういうことだ？　ちょっと待ってくれ。

じゃぁ、私の調べてた情報は全く役に立ってなかったってこと？

というか、最初に私が調べた「火災事故2件、通行止め」ってのはなんだったんだ？

もう一度「名神　高速　渋滞」で調べてみたらそこに並んでいたのは今日の情報ではなくて過去の事故についての書き込みだった……。しかも、あろうことか、その事故情報は名神高速についてであって、私たちが走っていた新名神高速道路とはまったく別の道でほぼ無関係だという。そして謎の鞍掛峠についても毎年冬の間通行止めになっているので迂回してください、というただのお知らせであった。

なんてこった……。

約束の時間に間に合わない焦りと渋滞に巻き込まれたイライラで眉間にシワをよせ徐々に不機嫌になっていた夫のサポートをすべく、スマホ片手に検索しまくり情報を流し続けていた私の、数十分に及ぶ努力は全くすっかり完全な無駄だったってことかい？

うーむ、なんだこの無力感……。

でもあれだ。私が必死に検索をし、あふれるほどの情報の中から必要と思われるものを取捨選択し流し続けたおかげで、夫の眉間のシワも消えていったわけだしな。結果的に20キロに及ぶ大渋滞も回避できたし、まぁ、約束の時間には間に合わなかったけどちゃんと目的地に着きそうだし、これはいわゆるオールOKってことでいいんじゃないのか？

などと、解説をしながらキョロキョロしていると、なにを探しているんだ？　と夫に聞かれた。

「いや、探してるなんて大げさなことをしてるわけじゃないけどね。前に二度ほど高速で野生の猿を見かけたからさ。なんとなく今日もいるような予感がするんだよねー」

猿を探しながらふと隣を見ると夫の肩が下がっていた。そして目が笑っていた。

西の都は底知れぬ

よんどころない事情により、3月のある晴れた朝、私は娘と二人、大荷物を持って家を出た。

それぞれにスーツケースとボストンバッグ。もし雨だったら出かけるのは不可能だ、と思うほどその荷物はかさばりそして重かった。荷物の重さもさることながら、私と娘の二人旅である。そりゃもう不安でいっぱいの出立であるさ。

と、ここまで書くと、なんだか娘と二人での家出、もしくは夜逃げ（朝だけど）のようだが、そういうほの暗い事情ではなく、説明すれば長くなるが、一言で言えば、つまり娘の進学である。

4月は引っ越しやら、新生活開始のハイシーズン。しかも消費税アップ前の駆け込み購買がからみ、身の回りに必要なあれこれはかたっぱしから品薄だわ、荷物の宅配も予約でいっぱいだわ、でとにかくギリギリ突貫の引っ越しと相成り候。

とりあえず持って運べる、必要不可欠なものだけをスーツケースとボストンに詰め込んで、入学式の前日に敵地……いや娘が一人暮らしする新居へと単身、いや、双身乗り込んでいったわけである。

荷物がとにかく重いので、なるべく乗り換えの少ない、歩く距離の短い、簡単で単純な行き方を調べてみた。

ネットの某乗り換え案内によると、とにかく京都までは新幹線である。そこから地下鉄に乗って途中で乗り換えて近鉄で目的地まで行くのがわかりやすい、と親切に教えてくれた。

おう、そうかそうか、地下鉄と近鉄なら馴染みがあるぞ。

実はその大移動の数日前にも娘と二人で下見がてら京都へ行ったのであるが、そのときは時間に余裕があったし、せっかくなので遠足気分で名古屋から近鉄特急でのんびりと行こうということになったのだ。

まずは近鉄である。名古屋駅の券売機横の窓口に直行し、「こうやって行きたいんですけど切符をお願いします、大人二人で」と、プリントアウトして持って行った某乗り換え案内サイトの懇切丁寧な行き方ルートを見せて微笑んだ。

すると、駅員さんは、「あぁ、これだと途中で2回乗り換えなきゃいけないですね。

もう一本後だと乗り換え一度で行けますよ?」と。

おお、さすがだ、これぞプロの仕事。旅に不慣れとみられる母娘二人が安心して目的地までたどり着けるよう、心を砕いてくださっておる。是非もなし。オススメ通りに一度の乗り換えでたどり着ける切符を買いゆっくりとホームに向かった。

オススメ通り、一度の乗り換えで目的地までたどり着け……るはずだったのだが、この乗り換え駅が曲者だった。

「大和西大寺」というそのまほろばの国にある駅は、構内案内図でみるとこれ以上簡単な作りはないというくらい単純に見えるのだが、いざ自分の足で乗り換えようと思うと、非常に困難を極めるのである。

特急を降りて、階段を上がって隣のホームに降りてみたらさっき降りたのと同じ行先表示が。

いや、これ違うぞ、とまた上ってあちこち動いている間にどこがどれだかわからなくなり、もう、このまままた名古屋に戻っちゃうか、いや、それならいっそ奈良で観光しちゃうか、などと言いながら歩き回ってると娘がなにやら案内板を見つけそこへダッシュ。

「ねぇ、京都に向かって行けばいいんだよね？」と。

そうですす今日の目的地は京です、とくだらないダジャレを言ってる私の手を引きホームを直進。

をを、こんな奥まったところに京都行きのホームがあったのか。いや、わかりにくいぞ西大寺！　もっと京都に優しくなろうよ。おお、来た来た、これだこれだ、近鉄急行京都行。これでＯＫ！

そして家を出てから2時間40分。ようやく目的地にたどり着いたのである。

そんなこんなで近鉄で行くと時間がかかるし乗り換えが難しいと学んだすぐ後だったので、大移動は新幹線使用一択であったのだ。何と言っても名古屋から京都までわずか35分である。35分なんて、朝、目覚ましが鳴ってから身体がちゃんと起きるまでの時間くらいだ。あっという間だ。びっくりだよ、新幹線。

で、当日である。スーツケースをゴロゴロと押しながら名古屋駅みどりの窓口横の券売機に向かう。

これから親元を離れて一人で暮らす娘に、大人として立派な背中を見せねばならない。凛として、毅然として。

名古屋から京都まで大人2枚……っと。ボタンを押して進んでいく。

すると、目的地は京都でいいか、そこからもっと先までJRで行くか、と聞いてきた。

ここで思い出した。

東京に行ったとき、改札を出てしまわなければそのままの切符で在来線に乗れるって炎の営業S江さんが言ってたよな。

ってことは、私たちも京都までの切符で目的地まで行けるんじゃないか？　確か最寄り駅がJRだったしな。えっと……あったあった、ここだ！　よし、じゃ、直接これで行きますよっと！

うほほほ。なんか得した気分。得意げに切符を見せ「この切符一枚で目的地までたどり着けるんだから、失くさないように」と娘に渡す。

新幹線は快適だ。しかも速い。あっと言う間に京都に着いてしまった。数日前のあの苦労はいったい何だったんだ。

京都で降りて移動。とにかくスーツケースが重い。二人でヒーヒー言いながら、某乗り換えサイトからプリントアウトした行き方に従って地下鉄烏丸線へ。途中でもう一度近鉄に乗り換えなきゃならないから、面倒くさいよねー、と改札に切符を通したら、キンコンキンコンキンコンキンコンっ！　と警報が。

や、なんですかなんですか、何もしてませんよ！　ちゃんとみどりの窓口の隣の券売機で買いましたよ！　と近寄って来た駅員さんに切符を見せる。

「あー、これＪＲの切符ですねー、ここは地下鉄ですから、あっちのＪＲから乗ってくださいねー」

え……。

ちょっと待て。落ち着け。何が起こってるんだ？

今日、調べた行き方は、新幹線で京都に行き、地下鉄に乗り換え、今度は近鉄に乗り換え……、あ！　そうか！　みどりの窓口でうっかりその行き方を無視した切符を買ってしまったのか！　なんてこった。目先の得に騙されたか。

けど、まぁ、仕方ない。ＪＲに戻るか……。

また重いスーツケースをガラガラと押しながら移動。

エスカレーターのない階段を上ってホームに着いてみれば、それは逆方向で。うわぁ、もう、勘弁してよー。半べそ状態で反対側のホームに着きようやく電車に乗る。

やれやれ。

「で、ここからどうやって行くの？」

あ、そかそか。事前調査とは違う行き方を選んでしまったからな、もう一度調べなきゃな。

えっと。JR奈良線で木津まで行って学研都市線に乗り換えて目的地まで行く、っと。ふむふむ。

ん？　ちょっと待て！　なんかものすごく遠回りじゃないかこれ！　なんだこの移動距離！　地図で見ると鋭角三角形の長い二辺を通って目的地に着く感じじゃないか！木津ってほとんど奈良だし、なんでこんなことになってるんだ！　説明してくれ、JR！

うーむ参ったなぁ、しかし途中で投げ出すわけにもいかないし。こうなったらとことんJRに付き合うしかないか。

京都から木津まで50分以上かかり。木津から最終目的地まで20分弱かかり。

最初に調べたとおりの方法で行っていれば京都駅から40分くらいで到着できたものを、結局乗り換え含めて1時間半ほどかけてしまったというわけだ。たどり着いたときには疲労困憊もう一歩も歩けません状態であった。
やはり千年の都、京都やら奈良やらは底知れぬ恐ろしさがあるよのぉ。

親の寿命を縮めるもの

人には得手不得手というものがある。

私はどうやらお金にまつわるいろんな作業やら手続きやら、そういう事務処理がちょいと不得手のようで。

たいていの場合、生活費などは最寄りのスーパーの入り口にあるATMでおろすのであるが、ひと月に何度か使うわけだからこれはもう慣れたものなのでいちいち頭で考えなくても自然に手が動く。

とある日の昼過ぎ。子どもから、「明日お金がいるからちょうだいね」と言われていたことを思い出し、使い慣れたいつものATMへと向かった。空いているときは誰もいないそのスペースだけど、その日はお金をおろす必要のある人がたくさんいるようで三つ並んだ機械の前にそれぞれに長い列ができていた。

私が並んだのはその中でも一番列が長くのびた、名前もムダに長い某銀行のATMであった。

単純にお金をおろすだけであればものの数分で用事は済むのだけど、お金をおろして次はどこかに振り込んで、その後で通帳記入して……と並んでいる人のほとんどが数回ずつ操作を続けていた。

どんどんのびた列は機械の前から店の入り口まで……。

待ちくたびれた子どもたちが走り回ったり、それを叱る母親の声が響いたり、なんとなくみんな微妙にイライラとし始める。こういうときはさっさとお金をおろしてとっとと離脱するに限る。

ようやく回ってきた順番に、ほっとしながら機械の前に立った。

銀行のカードを入れ、暗証番号を押し、おろすべき金額の、2・万・円・とボタンを押し、お金が出てくるのを待った。

するとすぐに機械の真ん中左側からチャリンチャリンという音が。

「ん？　チャリンチャリン、って？」

不思議に思いながらもカードと利用明細書を引き抜き、いつもお札が出て来るポケットに手を入れようとするも、なぜかフタが開かない。

そして、開くはずのない硬貨受け取り口のフタが開いている。

え？

中を見るとそこには白銀の硬貨が2枚。

一瞬すべての思考が停止した。意味が分からない。

なんだこれ？

しかしいつまでも固まっているわけにはいかない。首をかしげつつ2枚の硬貨、つまり計2円をつかみ列を離脱。

少し離れたところで利用明細書を見る。

そこには、

「ご利用金額　2円」

の文字が……。

2円って……。いやいやいやいやいや……。え？　2円ってなにっっっっっ!!!!

自分の行動を振り返ってみる。

カードを入れた。暗証番号を押した。2万円と押し……た……よね？　あれ？

そういえば、いつものように軽やかに華麗にボタンを押したけどなんとなくちょっと指が滑った気がする……な……。もしかすると、あのとき、2・万・円・と押したつもりが、2・円・になっていたのか？　そうなのか？

いやそうとしか考えられない。なんてこった。私はあんなに長い時間行列に耐え、ようやくつかんだチャンスをたった一つのボタンを押しそびれたために無駄にしたのか。あまりにも悔しすぎる。

しかしあれだ。それまでATMではお札しかおろせないと思っていたので硬貨、しかも1円玉だけでもおろせると分かったのは大きい収穫である。

まぁ、この先も1円なんて絶対におろさないけどな。というか、ATMよ、だれが2円なんてお金をわざわざおろすっていうんだ？　ちょっとは考えろよ。2円を差し出すまえに一言「本当に2円だけでいいですか？」くらい聞きたまえよ！

なんて言ってる場合じゃない。明日2万円必要なんだ。どうあっても2万円おろさねばならないのだ。

さりげなく2円を財布にしまい、再び行列最後尾、すでに店からずいぶんはみ出しているそこに並び、また一から出直したわけだ。最初からそのつもりだったかのような微笑みをたたえながら。

もう一つ、私の苦手なお金にまつわる作業に現金振込みがある。

振込み。これには何度も何度も痛い目に遭っている。一度で振込みが完了せず、何度も出直す羽目に陥るのである。なぜか分からないのだけど。

よくある失敗は振込用紙を持ってくるのを忘れるという初歩的ミスである。

これは本当にしょっちゅうやってしまうのだが、世間の主婦にアンケートを取ったら多分、日常でよくやる失敗ベスト4くらいには入ってるのじゃないかと思う。

なぜ忘れるのか。これには深い理由がある。

いつも振込用紙が送られてくると期限までにちゃんと振込むように冷蔵庫のドアに貼り付けることにしている。一日に何度も開く冷蔵庫。そのドアを見るたびに「あぁ、振込み行かなきゃ」と思い出すのだ。思い出したら、出かけたときについでに振込もうとするのだが、振込用紙は冷蔵庫のドアに貼り付けられたままなのである。

自分では振込む気満々で銀行に行っているのに、これまた本当に悔しい。

仕方ないので家に振込用紙を取りに戻って銀行の窓口でようやく順番が来たと思ったら財布がなかった、というのも何度かある。これもまぁ、同じような失敗なので世間の主婦にアンケートを取ったら日常でよくやる失敗……以下略。

この時、財布の中身がないってだけなら、それは全然問題なしなのだ。なんつったって銀行である。カードでちょちょいのちょいっとおろせば完了である。

だけど財布ごとない、となると、これはいかんともしがたい。泣く泣くまたまた家に戻るしかないではないか。うつむきながら駐車場を出るときの言いようのない敗北感。明日にしようかな……とつい弱音を吐いてしまったりする。こういうとき長年の経験により、無理せずにたいてい明日にしてしまうのだけど。

ところがこれが期限のある振込みだったりすると目を血走らせこめかみに血管を浮かせつつ3時の窓口封鎖までに、必死の形相で自宅往復激走となる。

しかも誰かの人生を大きく変える振込みだったりした日にゃあ、そりゃもう。

実はアタクシ、大学受験生の母を3年連続でこなしたいわゆるセミプロってやつで。この子どもが二人なのになぜ3年連続か、ってことはあまり触れないでおくとして。受験にまつわる振込みってやつのせいでどんだけ寿命が縮んだことか……。

最初の2年はまぁ素人だからあれこれのミスは仕方ない。3年目になるとそろそろ慣れてもよさそうなものなのに、あるんだ、たくさん地雷が埋まっているんだ。

今年の1月に発覚した一つは、娘の私立第一志望大学の受験料振込みのときに埋まっていた地雷であった。

前日の、別の地雷騒動でのてんてこまいを引きずりつつ、振込用紙を手に銀行に向かった。

受付番号整理券を引き抜きおとなしく順番を待つ。ようやく呼ばれたので振込用紙とお金を出しよろしく！　とほほ笑む。

窓口の担当者も受験振込みってことでいつもより笑顔が2割増しくらいである。

椅子に戻って待つ。お昼休みに来たのでやはり混んでいるのな。なかなか名前が呼ばれない、これは午後からの仕事に間に合わないんじゃないか？　困ったなぁ、と思っていると名前を呼ばれた。

おお、ようやく終わったか。

すると、

「申し訳ありません。この振込用紙は半分が切り取られているので振込みできません」

え？　どゆこと？　なに？　なにが起こったって？

振込用紙を見せてもらうと確かに受領印を押す場所がない……。

え？　なんで？

そういえば振込用紙は願書とひと続きになってたな……。あ！　思い出した！　願書と切り離したときに下の方になんかハンコを押すスペースがあったぞ！　あれか！　あれが必要だったのか！

「半分取りに行ってきます！」

と半ば叫んで家に戻る。

家に戻り、娘の机の上を探すが見つからない。どこだ？　どこにあるんだ？　夕べ願書を書き込んでいた居間も調べるが願書が入っていた袋ごとない……ったくどうなってるんだ！

スマホで電話するも授業中なのか反応なし。参ったなぁ……。どうしよう、とりあえずメールだけしておこうか。

結局、夕方連絡が付いた娘によると願書は学校に持って行っていたとのこと。それはもう仕方ない。どのみち銀行窓口も終わってるし。

帰宅した娘の持つ願書とアタクシが持っている振込用紙を合わせるとぴったりとその完全なる姿を現した。

そうか、こういうことだったのか。思わず拍手する母娘。

振込み締切は翌日午後2時。あさイチで銀行に走り、締切当日のギリギリ滑り込みで完了させ、事なきを得たわけであるが、本当に受験に関する振込みほど親の寿命を縮めるものはない。

即席にまつわるエトセトラ

もともと、インスタントラーメンとかカップ麺とかにはあまり縁がなかった。

なぜ？　と聞かれると困るのだけど、なんとなくなんとなくあまり食べたいと思わなかったとしか言えない。

それらが主食になりがちな一人暮らしの学生時代もほとんど食べずに過ごしてきた。結婚して子どもが生まれても変わらず、我が家の食卓に並ぶことはまずなかった。

しかし子どもが大きくなるとそうも言っていられない。学校で友達から、どこそこのカップ麺がでらうま、とか、インスタントラーメンの新製品がイケてる、とか聞いてくる。食べたことのない我が家の子どもたちは、話についていけない！　だの、友達ん家は毎週土曜日の夜はインスタントラーメンだとか毎週日曜日のお昼はカップ麺だとか、うるさいうるさい。

子どもにインスタントラーメンやカップ麺を食べさせない代わりに、毎週休日のお昼もこまめに料理をし、手作りのご飯を供しておりますのよ、おほほほほ、なんてことは全くない。近所のショッピングセンターの中にあるパン屋さんのお総菜パンとフルーツとカップスープで済ます方が好きだ、というだけの理由だった。だから我が家でも少しずつカップ麺が休日のお昼に登場することになっていった。

その日は夫も息子も外出中で、お昼は娘と二人だった。

朝、部活に出かける娘から、「今日のお昼はカップ麺がいいな」と言われていたので近所のスーパーであれこれ選び、これだ！　というのを2個買ってきた。

お昼過ぎ、娘が帰宅し、うがい手洗い着替えをしている間に、準備に取り掛かる。お湯を沸かし、カップ麺のビニールを外す。中からたくさんの小袋が出てくる。お気に入りのTシャツが見つからないのなんだの言っている娘の着替えを出してからカップ麺にお湯を注ぐ。

多分3分くらい待つんだよね。

お茶を汲んだりお箸を出したりしているうちに3分経ったので、娘を呼ぶ。

これ新製品らしいよ。どんな味だろうね。

などと言いながら食べ始めるが、なんというか、京都ではかくやあらむ、というくらい薄味。なんだこれ、全然おいしくないねー。

みんななんでこんなのをそんなに食べたがるんだろうね。もうしばらくカップ麺はいいかな、などと文句を言いながら完食。

後で口直しにチョコレートでも食べようねと容器を持ち上げると、容器の下にいくつかの小袋が……。

え……!?

もしかして、これってスープ……だよね？

いやー、驚いた、そりゃ、まずいはずだわ。

文句たらたらの娘と私は味付け無しのラーメンを食べていたわけなんだから。

いや、気付けよ、二人とも！

カップ麺といえばラーメン以外のものもあれこれあるのだけど、焼きそばがやはり人気。全国のカップ麺ファンにアンケートを取ったら、多分その4割くらいはお湯を切る前にソースを入れてしまう、という失敗を犯した過去があるんじゃないかな。

もちろん、私もある。

おまけに、お湯を注ぎ、何の迷いもなくソースを入れ、茹であがった後、お湯を切ってそこにかぴかぴのかやくを入れてしまう、という二重のミスも何度か犯したことがある。

超絶薄味の焼きそばの中に小さく丸まったままのかぴかぴ野菜がちりばめられている。これはもうかなり悲しい状況。

結構難しいのな、カップ麵。

事件は娘と二人でいるときに起こりがち。スープの入れ忘れもあるけれど二種類のカップ麵を食べようとしていて、どれがどのスープなのかわからなくなる、ってこともままある。

先に入れるスープだの、後で入れるスープだの、オイルだの、なんだのかんだの、カップごとに分けておけばいいのだけど、ついがさりとまとめてしまうので、3分後、緊急事態に陥るのだ。

あっちかこっちか、と選んでいくのだが、そこは、お互い適当主義なので、最終的には、まぁいいか、どれでも、ということになる。

あっさり塩系だったはずが表面に油が浮いていたり、ピリ辛のはずだったのに、ぜんぜん辛くなかったり。

しかし、そんなことで私たちの今後の人生が大きく変わるわけでもなし。こういうものさ、と受け入れて生きていく度量の大きさも必要ってことだわな。

いや、事件は息子と二人のときにも起こっていた。

その日は、息子とお昼を食べることになって、毎度おなじみの近所のスーパーをぶらぶらしていたら透明の袋に入った茹でパスタが売っていた。

コレは何だ？　お手軽パスタだと？　面倒くさがりの私にぴったりじゃないか、ということで即レジへ。

家に戻りさっそく調理。

お湯を沸かし、袋から出した麺を投入。かきまぜそろそろ茹であがったかな？　という絶妙なタイミングでお湯を切り、添付のソースを絡める。パルメザンを振りかけて出来上がり！

昼過ぎまで寝ていた息子と二人で、いただきまーす！

……。ん？　なんじゃこれ？

麺はでろでろーと半溶け状態、ソースは極めてまだらに絡み、はっきり言って、まずい……。

あぁ、やっぱり即席麺ってのは駄目だね。どのみち茹でるなら乾麺でも一緒じゃん。

なんだこれ、どこが即席麺なんだよ！

と例によって文句を言いながら食べていたら、息子がキッチンに置いてあった空き袋を持ってきて言った。

「これ、茹で麺なんだから炒めなきゃだめなんじゃん。なんでまた茹でたの？」

え……。炒める？　え？

息子から袋を奪い、作り方を読む。

【多めの油で炒めてください】

おーまいがー!!

なんてこった。そうかそうだったのか。これは焼きそば方式だったのか。

すでに茹でてある麺をまたご丁寧にしかもしっかりと茹でなおしてしまったのだから、でろでろ半溶けもさもありなん。しかも炒めながら油とともにソースを絡める仕様なので、茹で上げ麺にかけても固まるだけだわな、粉末ソース。

いやぁ、奥が深いな、即席麺。息子よ、気をつけるがいい。

即席だのお手軽だの、という文字をうかつに信じてはいけない、と知った土曜の昼であった。

水筒とおやつと名鉄と

緻密に立てた計画に沿った盛りだくさんの旅、というのは満足度の高いものであるけど、風の吹くまま気の向くまま、行き当たりばったりの旅、というのもまた楽しいもので。

ガイドブックや雑誌などをめくりながらあれこれ旅の計画を立ててる時間は旅そのものより楽しいんじゃないかとさえ思えるが、とりあえず家を出て気分次第で行き先を決めるのもこれまた楽し。

子どもたちが小さいころ、バスや電車に乗ってよく思い付き遠足に出かけていた。

2歳違いの兄妹は寄ると触ると喧嘩をして、大河のような広い心を持っているアタクシでもしょっちゅう頭から煙を出し、こめかみの血管をぶち切ったりしていた。

そんな時、おもむろに「よし、今から遠足に行こう！」と水筒とおやつを持って出かけるのである。

ついこの間まで正門だと思っていた神宮東門までバスで行って熱田神宮にお参りし、

境内で宮きしめんを食べて帰ったり、その後十数年に渡りアタクシを苦しめ続ける名城線金山駅までバスで行き、ダイエーの中を上から順番に隅々まで見て回りお茶を飲んで帰ったりしていた。

こんな小さな遠足は日常の延長線上にあるのだけど、これよりももう少し遠くへ、バスと電車を乗り継いで出かけることもよくあった。

当時電車に凝っていた息子がテレビで見た赤い路面電車に乗りたい！　というので夫の母、つまりお姑さんを突撃訪問し、岐阜まで連れて行ってもらうのである。なんといっても岐阜は隣の県。いたいけな主婦と子どもたちだけではちょぃと心配だったので。

今はもう廃線になってしまったらしいのだけど、当時名鉄岐阜市内線という路面電車が走っていたのだ。それに乗るために名古屋からこれまた今はなき名鉄七〇〇〇系パノラマカー（運転席が二階にある前面展望車）に乗って岐阜まで行き、そこからゴトゴト走る路面電車に乗りに行ったのである。

行ったのである、が、どこに行くというあてもなかったので乗った後で、さぁどこまで行こうか、ということになる。

ゴトゴトと揺られながらふと外を見ると、前方になにやら体育館のような建物が見えた。

おお！　あれはもしかすると子ども運動公園かなにかじゃないか？　ちょうどいいじゃないですか、次で降りましょう。

と、確かめもせずに下車し体育館らしきものに向かって歩き出したのであるが、思ったよりもその建物は遠くにあり、歩いても歩いても近付かない。

どう考えてもいたいけな四人連れの足ではたどり着けそうにないので誠に遺憾ながら目的地変更、元の停車駅に戻りましょう。

疲れて半分寝ながら歩いている娘を抱っこして岐阜駅まで戻り、帰途に就いたのである。

まぁ、路面電車に乗るのが目的だったわけだから、これはこれでミッション完了ってことではある。

それからしばらく後のこと。

アタクシの実家の母親が遊びに来ていたので、一緒にどこかに行こうと例によって水筒とおやつを持って家を出た。

とりあえず名古屋駅まで行きそこで子どもたちに聞いてみた。

山と海、どっちに行きたい？

9月とはいえまだまだ暑い日が続いていたので、アタクシとしては涼しい山方面に出かけ高原でアイスクリームでも食べたいなぁと。あぁ、涼し気だ、気持ちよし。などと思っていたのに子どもは二人そろって「海!!」と……。

あ、いや、まだ暑いから山の方がいいんじゃない？

「海がいい！」

えーっと、海に行っても水着を持ってないから水遊びできないよ？

「海！　海！　海！　海！」

わかったわかった、もうわかったって。海ね、海に行きましょう。

ということで、海方面への旅を考える。

名古屋の近くの海といえば内海。内海といえば知多半島、知多半島といえば名鉄だな。

名鉄の改札で切符を買い四人で名鉄電車で一路海へ！

海に行くはずなのになんだか全然海らしくないねぇ、などと言いながらものんびりと窓の外を眺めていると「次は野間〜野間〜」と聞こえて来るではないか。野間！　それは若かりしころ、彼氏（現夫）と一緒にドライブした野間の灯台のことではないか！　懐かしい！　これはもう降りるしかないでしょ！

おやつを食べながら窓の外を眺めている子どもたちをせかしてあわてて下車。ホームから階段を降りて、さぁ。灯台へGO！

ん？　あれ？　なんだなんだ？　どこだここは？

灯台の近く……じゃないよな、この風景……。

辺りを見渡すと一面の田んぼ。そして山。えっと海はどこですかー？

駅の周りを歩き回るが海の気配はない。潮の香りもしない。ここはいったいどこなんだ？

誰かに聞こうにもひとっこ一人いない。

どういうことだ。野間の灯台はどこにいってしまったんだ？

「うーみ！　うーみ！　うーみ！」と騒ぐ子どもたちを母に任せ偵察に出る。

しばらく歩いていると自転車に乗った第一マチビト発見。

あ！　すみませんすみません！　野間の灯台はどこですか？

「え？　灯台？　歩いて行くの？　むりむり。遠いよ。タクシー呼んだ方がいいよ」

はぁ、そうですか。遠いですか。そうなんですか。タクシーですね、そうします、はい。

駅に戻るとさっきは気付かなかった大きな地図があった。それを見れば確かに灯台まで相当ありそうだ。地図の隣にある電話ボックスからタクシー会社に電話し1台来てもらう。

「えーっと、灯台までお願いします」

ほんの5、6分で灯台に到着。大人なら歩けない距離ではないが、1歳児連れの足ではやはり無理だろうね。何はともあれ灯台着だ！

さぁ、思う存分灯台を堪能するがよい！

わーい！　と灯台に向かって駆け寄るがなんというか、無性にアツい。なんなんだ、このアツさは。見回してみると、なんということはない、灯台にいるのはほぼ全て熱烈恋愛真っ最中なカップル。アツいっちゅーの！

そういえば野間の灯台はカップルの聖地なんだった。灯台の柵にカップルで南京錠をかけると恋が成就するとかしないとか。まぁ、そんなジンクスも一種の恋のスパイス、どうぞどうぞお楽しみくださいませ。

と、興味深げにカップルを眺める子どもらをひっぱって待たせてあったタクシーへ。この辺りは砂浜がなく、いわゆる浜辺で水遊び、という感じではない。子どもたちを遊ばせるのなら美浜の方がいいけど、ご飯を食べるならまるは食堂はどうだ、というタクシーの運転手さんの助言に従い、海の幸で有名な食堂へと連れて行ってもらう。

ここでいかにも名古屋人好みの大きなエビフライ定食を食べ、お店の前の海岸でひと遊び。着替えはあるけど下着の換えは持ってないから気を付けて遊びなさいよ、と言う間もなく全身水浸しの息子……。あちゃー。

くたくたになってそろそろ帰ろうか。1歳の娘には念のため何枚か下着も持ってきていたので嫌がる息子にピンク色の可愛いパンツを穿かせる。二人ともまるっと着替えさせてお店でタクシーを呼んでもらい、最寄り駅（と言っても20分以上かかる）まで行き、そこからまた名鉄電車に乗って一路家へ。

電車の中で母親に「いやぁ、灯台に行くつもりが山で降ろされたときにはびっくりしたよー」と言ったら、「びっくりしたもなにも、あそこで降りるって言ったのあなたでしょうが」と鋭い指摘。

しかも「どうせなら野間大坊に行きたかったわ。何度か行ったことあるけど、義朝のお墓のある立派なお寺なのよね」と。

え？　野間大坊？　え？　義朝？　聞いてないよ！

そんな立派なお寺があったのなら灯台よりもそっちに行きゃよかったよ……。

遠路はるばるやって来たってのに、これがホントの灯台下暗しってやつだな、まったく。

名城線Q.E.D.

世の中には物好きと言われる人種がたくさんいるもんだ、と思っていたのだが。

何も真夏の昼下がり、1年で一番暑いそのときに、灼熱の名古屋を縦横無尽に移動する遠足なんてもんを企画しなくてもいいと思うし、百歩譲ってそんなアホな計画を立てた人がいたとして、誰もそんな遠足に参加しないでしょうよ。

だが、いたのである、身近に、物好きが。名古屋の七五書店の寡黙なイケメンG店長が、なぜか「真夏のまよふく遠足」なるものを企画しちゃったのである。

「迷う門には福来る」に出て来るあちこちを巡りながら、なぜあのような悲劇が引き起こされたのか、自分の目で見て現場検証を行おう、というのである。こんなアホな企画、誰が参加するもんか、企画倒れだよ。と思っていたら、いたのである、物好きが。他にも数人。なんてこった。

その日は、今では出版業界では割と有名になっている名古屋書店員懇親会、略してNSKが夜の7時から行われることになっていたので、その前の時間を使って「まよふく遠足」を行おう、ということになった。つまりNSK昼の部である。

G店長が立てた緻密な計画によると、まずは名古屋城に集合して、正門と東門を確認。そこから地下鉄と市バスを乗り継いで平針運転免許試験場の建物を見学、消えたバス停を探索後バスで七五書店に移動、店内見学と休憩をしたのち名城線で熱田神宮へ行き、私が働く書店へ向かう、というもの。

なんというか、移動距離の割に建物の外側だけしか見ない、まるで○泊三日海外弾丸ツアーみたいな遠足だな。

本当にみんな来るのかなぁ、と思いつつ集合場所の名古屋城正門に誰よりも先に到着した。

不測の事態を想定し、常に集合時間の30分前に着くように家を出る私なのだ。

正門前で蒸し暑さに辟易しながら待っていると福井の書店から物好き1号、O矢氏が満面の笑みを浮かべてやってきた。ホントに来たよ、とあきれていると貢物と称してカナイフーズの塩蔵ワカメを大量に手渡してくる。

いやそんなにたくさんいらんし！　せっかくだからみなさんにもわけわけしてくださいませ！　とありがたく1袋だけいただく。もう一つのお土産、福井のおいしいワインと一緒にお堀の石の上に置いたトートバッグに入れて、ほかの参加者を待つ。

O矢氏がいかにも身体に悪そうな青いかき氷を食べて舌をアバター色に染めていると物好き2号、某出版社の偉い人、T中氏がやってきた。スーツの印象しかないのでアロハに白いハーフパンツ、だけど足元は黒い革靴、という装いはかなり衝撃的。これまたなぜか満面の笑み。そうこうしていると物好き3号、東京から某書店のK山氏も邪悪な笑顔で登場。なんでみんなそんなにうれしそうなのさ。

暑い暑い、早くみんな来てくれ干からびるわー！　とバッグから扇子を取り出そうとした刹那、なんと名古屋城界隈でよく見かける巨大アリがアタクシの大切なバッグのなかにうようよと入り込んでいるのを発見！

うぎゃぎゃぎゃぎゃぎゃぎゃっっっ!!!!

やめてやめてやめてやめて！　と叫びながらポーチやら財布やらスマホやらワカメやらワインやらをお堀の石の上に放り出し、バッグをさかさまにしてアリの排除を試みる。

自慢じゃないがムシが苦手である。はっきり言って嫌いだ。その嫌いな奴らがバッグのなかにいるのである。うじゃうじゃと。これはもうパニックにもなろうというものだ。

必死にアリを振り払おうとしているアタクシの周りで、物好きおっさん3人組はげらげら笑いながら見ているだけ……だれも助けようともしない。なんなんだ！

とりあえずアリを放出し、お堀の石からはなれほっとしていると物好き4号、代官山にある日本で一番おしゃれな本屋からT田さんがやってきた。あはははは。いらっしゃい。

そうこうしているうちに企画者G店長ともう一人、物好き5号、東京の美人書店員N谷さんが来て全員集合と相成り候。

遠足は、まだ始まっていない。ただ「名古屋城で集合する」というだけのことになんでこんなに体力を消耗するんだ。やっぱりなにか渦巻いているんだな、名古屋城正門。

ではでは出発しましょうか。ここからはG店長の緻密な計画表に則って粛々と移動と確認をこなしていくことになる。

名古屋城の正門と東門と地下鉄の位置関係を説明するとみんな納得の表情。でしょ。やっぱり実際に見てみるとよく分かるのよ。

と言いつつ魔の名城線と東山線を乗り継ぎ平針駅へ。ここからはバス。

しかし、あれだ。乗り継ぎのときもバスに乗るときも誰も私に聞かないのな。チラリと私の方を見るのだけどすぐに目を逸らし周りを見渡し案内板を探しさくさくと移動していく。

そして驚くべきことに、一度も来たことのないはずの場所でもちゃんとみんな目的地に向かって動いて行く。全くもってびっくりだよ。

平針の運転免許試験場の門の前で、通りすがりのおじさんに頼んで記念撮影し消えたバス停を目視、七五書店での休憩と買い物を経て一路神宮東門へ。

このとき、魔の名城線のホームでアタクシは滔々とこの路線のあちこちに潜むトラップについて語ったのである。

何度も何度も苦しめられた金山での乗り換え。なぜそこでは数々の悲劇が生まれて来たのか。

しかし、そこでT田さんから受けたターミナルの仕組みに、驚愕。そんなルールというかシステムというか約束事というか、何かよく分からないがそういう法則があったなんて、今の今まで知らずに生きてきた自分の人生を悔やんだね。

ものすごく分かりやすいその法則を聞いて、もう二度と金山で乗り間違えることはないだろう。この決まりさえ把握しておけば一度も金山に来たことのない人も迷わずに乗り換えできる、もう悲劇は起きることはないのだ、とそこにいる全員が思ったのである。

いや、よかったよかった。T田さん、ありがとうありがとう。

しかし、この時の感動はそれほど長くは続かなかった。

そのひと月ほど後、また七五書店に行く用事ができた。

六番町から名城線に乗り金山で乗り換えた。T田さんに聞いた法則に基づき鮮やかな足さばきでホームを移動、入って来た電車に乗り、あとは新瑞橋に着くのを待つだけ、ほほほほほ、楽勝楽勝、と笑顔で座席に座り車内を見渡し一息ついた。

すると車内放送が、ものすごく最近聞いた駅名を告げる。

え？　あれ？　なんだかその駅名、ついさっきも聞いた気がする……え？

鼓動が早くなる。もしかして、もしかして、もしかして、あれか、あれなのか。

次の駅に着く。すかさず駅名を確認する。

あぁあああ。やってしもた！　またやってしもた！

信じられないことに、それはほんのちょっと前に通過した駅だ。六番町から乗ると金山に着く一つ前に通る日比野という駅だ！

つまり、六番町から乗ったのに、また六番町に向かって進んでいるということではないか！　なんてこった、なんてこったあ！

あわてて降りる。脱力する。なんでだ。なんでこんなことになるんだ。

あの日、あんなに鮮やかに金山問題は解決したはずだったのに。

いったい何度同じ過ちを繰り返せば気が済むんだ、名城線。

もうほんとにほんとに二度と乗ってやらないぞ、名城線！

と、思ったのもつかの間、またまた七五書店に行かねばならない状況になり。

他の行き方はないのか？　とうんざりしつつ、金山駅に着き乗り換えのためホームを移動していたときのこと。

全てが氷塊した。

何度も何度も繰り返されてきた過ちの、その全ての根源が白日の下にさらされたのである。

金山駅での乗り換えで陥るトラップの一つ目、行き先によってホームが分かれている。というその事実。これは「まよふく遠足」の時にT田さんからしっかりと聞いていたのだけどその根源にある法則をようやくようやくこのとき理解したのである。

金山駅から見て上の方に向かって進むホームと、下の方に向かって進むホームに分かれている。そうなのだ、この全く単純な法則にこの駅の機能は集約されていたのである。

だからか！　そうか！　そうだったのか!!　そういうことだったのか!!!　と膝を打ちながら階段を降りてきて気付いた。

ホームの上に行き先が書いてあるじゃないか。そして電車の行き先はいつも固定されているじゃないか。

そうか！　ここにもう一つの法則が隠されていたのか！

コンコースからホームに降りるとき、階段が二つあるのだけど、どちらの階段から降りるかで右側と左側の行き先が変わっていたのだ！

言葉で説明するのはちょっと難しいのだけど、階段を降りたときに自分の右側にいる電車と左側にいる電車のどちらに乗るかで運ばれていく先が変わっていたのである。

つまりそのときの気分とか、他のお客さんの流れとかでどちらの階段を使うか変わっていた私の体内感覚が行き先を左右していたのである。

ものすごくうれしかった。なんというか、フェルマーの最終定理を証明した数学者のような震えるほどの感動である。

これでもう、二度と間違うことはない。魔の名城線の最終定理、Q.E.D.

便利も不便もナビ次第

今年の始めに車を買い替えた。
前の車は自分史上最長期間乗車記録を更新し続けていたのだけど、後ろに座ってい
る子どもたちがガソリンくさいだの変な音がするだの、と怖いことを言うので思い切
って買い替えることにした次第。
もともと子どもたちをお稽古事やら病院やらに連れて行くために使うという約束で
買ったのでナビを付けなかったのだよね。
つまり、ナビが必要なほど遠くへは行かないように、ということだな。どんだけ信
用ないんだ、アタクシ。
それでも毎日のお買いものや子どもの送り迎えやなんだかんだで結構乗り回してい
るような気がしていたのだよ。
こんなに毎日乗り回しているんだからそろそろ買い替えようよ、と何度も夫に訴え
たのだけど、そのたびに走った距離を示すメーターを指さして「もったいない」と一

言。

うん。まぁ、そうかもしれないけど、私もそろそろ新しい車に乗りたいしなぁ。だって知らない間にみんな車のドアがキーレスになってるし、ライトの形もみんな最近シュッとしてるし、なんか私の愛車たま号だけまん丸くって時代遅れっぽいし……と言うと今度は子どもたちが「たま号がいい！　新しい車はいらない！」と言いだす始末。

なんなんだ、なんでみんなしてアタクシの新車乗り替え計画をじゃまするんだ。

と言い続けて数年。やっと新車買い替え許可が下りた。

わーい！　これでやっとシュッとしたライトのどことなくちょいワル系面構えの車に乗れるぞ！　それに今はどんな車にもナビが付いていて、あえてそれを付けない選択なんてありえないしね！　うほほほほほ！

ワクワクしながら自動車販売店巡りが始まった。

どこのメーカーのどんな車種にしようかなぁ、もう子どもたちも大きくなったからお稽古事だの病院だのの送り迎えもないし、ほとんど一人で乗るわけだから小さいのでいいしなぁ。

何軒か回ってあれこれ見て二台にしぼる。見積もりを出してもらい比べてみるとお値段的にはこっち（P）だけど、乗った感じはそっち（V）。さぁどうする。

夫は「あなたの車だから好きな方にすれば」と一任してくれるが、なかなか決められない。うーむ。

カタログを何度も見比べてネットで口コミなんかも調べて最終的に値段よりも乗りごこち重視でそっちのV車に決定する！

よっしゃ！　これでアタクシもキーレスカーのオーナーだわい！

両手に荷物を持っていてもさっとドアノブを引くだけでキーが解除されるし、エンジンスタートも丸いボタンを押すだけでぶるんっ！　と始動する。なんてすばらしいんだ、これぞ文明のたまもの。

しかしこのキーレスってのが慣れるまで結構面倒で。

助手席にキーの入ったカバンを置いてエンジン切らずにクルマを降りようとするとビービービービーと警報が鳴りだすし、降りたときにロックしようとしてノブを触るタイミングが悪いとカチャカチャと何度かロックと解除を繰り返して、今、どっちの状態なのかさっぱり分からなくなる。仕方なくもう一度ドアを開けてからゆっくりとノブに触れる、という二度手間三度手間に陥ったりもする。面倒くさいぜ文明のたまもの。

しかし、そんな不便もスーパーナビの前ではかすむかすむ。なんてったってナビである。地図である。これがあれば世界中どこにでも行けるのだ。私は無敵だ。

今まで夫の車のナビがうらやましくてうらやましくて。電話番号でお店を確定したり、音声で行き先を探したり。地図を拡大したり先の先をたどって迂回路を調べたり。ナビってなんてすごいんだ！　頭いいなぁ、ほんとに。と思っていたのだ。

その魔法の機械が手に入ったのだからそりゃもうテンション上がりますわよ。

車の引き取りに行ったときに、担当の営業マンが家の住所を設定してくれた。おまけに携帯の電話番号まで登録してくれて。この電話番号を登録することで何ができるのか、いろいろ説明してくれたのだけど、ほとんど聞いちゃいない。私の心はもうナビ画面に釘付け。

そしていよいよ新車での帰還。よく通る道なのではっきり言ってナビなんて必要ないのだけど、初めましてだしこれからよろしくだし、ここはお手並み拝見、ってことで彼女の言うとおりの道で帰ることにする。

がしかし、走り出してすぐにナビは私がいつも通るのと違う道をすすめだす。

いや、そんなとこ曲がらなくても行けるって。と、無視して直進するが交差点に近づくたびに曲がれ曲がれとうるさい。

教えをことごとく無視して走り続け、もうあと数十メートル直進したら家に着く、という交差点でまたもや右折せよと言いやがる。おかしいやろ！　目の前に家が見えてるのになんでここであえて右折する？　まったく意味が分からんね。

ファーストナビでなんとなく相性の悪さを感じてしまったアタクシはその後、数ヶ月間一度もナビに道案内を乞わずに走り続けた。

そしてある日、ちょっと遠くのショッピングセンターに出かけた帰り道、ふと思いついてナビに道案内を頼んでみた。

ともに生活して数ヶ月。そろそろ私の運転にも慣れたころだろう。さて、では家に向かって案内してもらおうかね。

ナビに向かって手を伸ばして考えた。

どうやってナビを頼むんだ？

いろいろとボタンはあるが、どれをどうすればいいのか分からない。えっと、なんだっけ？　地点登録か？　ここの場所を登録すれば家への道が出て来るのか？　ふむ。ぽちっとな。

と、なぜか現在地に旗が立った。なんだこれ？

ありゃ？　これはもしかしてこの場所を登録してしまったってことか？　ちがうちがう、取り消し取り消し。えっと。これか？　ぽちっとな。

うわぁ――――っ！　なんだこの地図は！

突然現れたのは日本地図の真ん中あたり。え？　これって琵琶湖？　なんで琵琶湖が？　ここは名古屋ですけど？　いや、これ広すぎるって範囲が！　元に戻すにはえっとえっと……。

あれこれ触ってみてもどうにも戻らない。あぁ、もういいよ。ここからなら地図なんて見なくたって帰れるし。ほんと、役立たず！

ナビの力を借りずに帰宅し、ＳＮＳにその話を書いたら「現在地ってボタンを押すと元の地図に戻りますよ」と心優しい方が教えてくれた。なんだ、そんな簡単なことだったのか。

翌日、現在地ボタンを押し、自宅が表示された地図を見てほっと一息。

そういえば、このボタンはなんぞ？

今まで知らなかったボタンを押してみたら、なんと地図が3Dに変化した！　おおおお！　建物が立体だ！　なんだかかっこいいぞ。

目の前にある建物が通り過ぎる直前に透明になる。うわ！　なんかアニメみたいだな。ふふふふふ。

ふふふふふふふふと毎日のように乗ってはいるのだけどいまだにどうやって行きたいところを探すのかが分からない。とりあえずあちこちボタンを押すのだけど、いつの間にか3Dから2Dの、しかも建物の書いてないただの道だけの地図になってしまった。つまらない。地味すぎてつまらない。もどってこい、3D。

そしてもう一つ。買った初日に登録してもらった携帯電話番号。なぜかナビはうまくアクセスできないらしく、乗るたびに「携帯電話が接続できません。携帯電話を忘れていませんか」と聞いてくる。

私が携帯を持っていようがいまいがキミには関係ないでしょうが。と思い続けて8ヶ月。ナビって便利なようで意外と不便、しかもおせっかい焼きで扱いにくいヤツなんだな。

市民サービスに貢献する

子どもたちが小さい頃、週に一度は図書館に通っていた。三人で行ってそれぞれ思い思いの本を選んだり読んだりしながら過ごし、一人6冊借りて帰って来る。

週に一度のお楽しみ、みたいな。

この図書館。10年前までは少し遠いところにあって車じゃなきゃ行けなかったのだけど、ありがたいことに自転車で10分ほどのところに移転してきてくれて。こりゃうれしいねぇと思ったのだけど、子どもと自転車併走、なんてハードルの高いことが私にできるはずもなく。結局毎回車で出かけていた。

実はその駐車場がちょっとアレで。アレっていうのは簡単に説明すると、入口にゲートが出来て有料になったってこと。入口でカードを取って、帰りに図書館の受付横の機械で打刻して、30分以内は無料なのでそのままゲートの機械に差し込んでさよなら。30分以上経っていたら精算機で精算してカードをゲートの機械に差し込む。この精算を先に済ませないとゲートを出られないのだけど、初心者はそれと知らずこのゲート前でわたわたすることになるのだ。

ずらりと並んだ車に一台ずつ後ろに下がってもらい、もう一度車を停めて精算しに行くときのいたたまれさといったら、もう！

アタクシも最初は何度かうっかりと、このいたたまれなさに涙したけれどなんといっても図書館ハードユーザーですから、もう慣れたもんで。

と、油断しているとえらい目に遭うのが世の常。

ある日、子どもたちを連れて図書館に行った。駐車場に車を停めた。いつも一階はいっぱいなのに珍しく今日はガラガラだねぇ。ちょっと時間が遅いからかなぁ。なんて言いながら車を降りて入口に入る。

ん？　なんか暗いぞ？

え？　え？　なんで？　え？　お休みってか？

あちゃー。せっかく来たのにねぇ。仕方ない明日また来ようね。さぁ、カードを打刻し……て……。

はっ！　打刻機って図書館の中に入らなきゃなんないじゃん！　うわ！　どうしよ

うどうしよう！

図書館の入口から中を覗く。誰もいないよ。あ、右の方に事務所があったよな。あっちに行ってみよう。

一旦外に出て「夜間、休日返却ポスト」の口を開けて中を覗き込む。

「すみませーん。どなたかいらっしゃいませんかー？」

耳を澄ますが何も聞こえない。誰もいないみたいだ……。

図書館は文化小劇場の一階にあるので、もしかすると上の階に職員の方がいらっしゃるかもしれない。よし行ってみよう！

三人で階段を上がっていく。二階は真っ暗、三階も電気はついているけど誰もいない。

無人の学校とか病院のような不気味さ。なんで白い建物って人がいないとこんなに怖いんだ。怖いよぉ怖いよぉ。

怖いし、困った。ものすごく困った。どうしよう。

でも、こういうときに親がしっかりしていないと子どもたちまで不安になってしまう。よし、大丈夫大丈夫何とかなるさ！　とひきつった笑顔のまま二階に降り、薄暗い廊下をおどおどと歩きながら呼びかけてみる。

「すみませーん！　どなたかいらっしゃいませんかー？」

子どもたちも唱和する。

「すみませーん！　すみませーん！」

叫びながら歩いていると奥の方から足音が。

を！　誰か来た‼

「どうされましたか？」

不審げなまなざし。

いや、えっと図書館に来たんですけど、お休みで、あ、車がですね、駐車場から出せなくて、あの、カードを押す機械が図書館の中にしかないし、えっと、帰りたいんですけど、えっとえっと。

なんかちょっとしどろもどろになりながら窮状を訴え、助けを求める。

「あー、入れちゃったのねぇ、駐車場。はいはい、じゃあ、カード押してくるからちょっと貸してね」

手渡したカードを持って奥の方へと去っていく。

しばらくするとカードを手に戻ってきて、

「はい、これで出られるよ。気を付けてね。あ。これから図書館に来たときは車を入れる前にやってるかどうか確認してねー」

ありがとうありがとうおかげで無事家に帰れます、と三人で頭を下げて階段を降り、駐車場へ。

よかったねぇ、これでやっと帰れる。やれやれだ。ほっとして家路に就く。

しかし、図書館が休みのときにうっかりと車を停めてしまわないように「図書館休みです」とかなんとか駐車場の入口に書いてくれればいいのにさ。

と、思っていたらそのしばらく後、図書館の休みの日には「本日図書館休館日」という看板が駐車場の入口に立てかけられるようになった。

何かちょっと役に立ったみたいだな。いいことしたな。

グッジョブ　コンシェルジュ

6月、会社のとあるミッションに従い、常夏の国ハワイへと旅立った。

まぁ、いわゆる海外研修というヤツである。

単なる時間的書店員つまりパートタイムワーカーが海外研修にまで行かせてもらえるなんて、なんてすばらしい会社なんだ。

研修内容については企業秘密なので詳しくは書かないが、実は六泊七日のこの研修はハワイで行われるというその甘いイメージとはかけ離れた、かなりハードなものであった。

のんびりと休暇を楽しんでいるアロハな方々を横目に、与えられた指示に従い粛々とミッションを遂行する毎日。辛い……辛すぎる……。

海沿いの高層ホテルに泊まっているというのに、海で泳ぐどころかビーチで日光浴も、世界一の夕陽を見ながらワインで乾杯、なんて楽しい時間もなく。ひたすら毎日研修に明け暮れておりました。

それでも毎朝必ず見える大きくくっきりと光る虹を見ると心がさらさらと清められていくようで。部屋の窓から見る虹だけが心の拠り所だったような。

しかも二重の虹の、それも足元までくっきりはっきりと見えて、これはもう本当に感動としか言いようのない美しさだったな。

この辛い毎日を過ごしていたホテルは海岸側と街側に二つ玄関があり、見た目はまるで名古屋が誇るツインタワーのように客室の二棟がそびえたつつくりになっていた。

当日の目的地によって海岸側から出てタクシーで出かけたり、街側から出て歩いて出かけたり。帰りもどちらの玄関から入るかはその日によって違っていたのだけど、いつも誰かと一緒に行動しているので二つの玄関のどちらを使っているかなんて気にもしていなかった。

毎日研修に励み続けた最終日、半日のオフをもらい、それぞれにお土産を買いに出かけたり食事に行ったりなんかして過ごしていた。

時間に追われながらもあれこれ家族へのお土産を買い、両手に袋を抱えてホテルに戻って来た。

研修を終えた達成感とショッピングでの解放感で少々浮かれて私は先頭を切って玄

関から入った。後ろにいた同僚たちがしゃべりながらふと左側の棟へと向かおうとしている。

「あれ？　みんな。ちょっとどこ行くの？　やだなぁ部屋のある棟を間違えてるよ！」

6日間もここで過ごしていたっていうのに、自分たちの部屋の棟を間違えるなんて！けけけけけけ。と笑っていたらしばらく黙って私を見ていた同僚が言った。

「ひさださん、もしかしてマジで言ってる？　6日間も泊まっていたのに自分の部屋の棟がどっちにあるか覚えてないの⁉」

え……うそでしょ？　いや、だってこっちが街側であっちが海側で……や、なんでなんで？　ゲラゲラ笑う同僚に連れられて部屋に戻る。

なんだか、ちょっと少し、ショック……。

ショックと言えば、もう一つ。

海外に行くときにはスマホの契約を海外仕様にしないとどえらい請求が来てびっくりするぞ！　と言われていたのに、なんだかんだで手続きをする時間もなく。それに別に使わなきゃいいわけでしょ、1週間音信不通になるのもまた一興。と思っていたのだけど、それでもやはり残してきた家族のことが心配で、公衆電話用の国際電話プリペイドカードを買うことにした。

ホテル内のショップに行くと、これがまた高い金額のしかなくてそんなに電話しないよな、きっとと思いつつ2000円分のカードを購入。

カードの裏にある銀色のシールをカリカリと剝がしドキドキの国際電話。カードの裏の説明のとおりに数字を打ち込み、続いて剝がした後に出て来たPIN番号を打ちこみ……さて、つなが……らない……。

あれ？　もう一度。一つずつ丁寧に打ち込んでいっても……つながらない……。なんでだ！　2000円も出して買ったカードなのに何でつながらないんだ！

これはきっとホテルの電話との相性が悪いのかもしれないな。別の電話からかけてみよう。

昼食を食べた後、別の公衆電話を探しかけてみた。

つながらない……。

なんなんだ。なぜつながらないんだ。もしかして騙されたのか？　いたいけな日本人を騙したのか、ホテル内のショップ店員！

2日目の夜、フロント横の電話からかけてみるけどやっぱりつながらない。どうしよう、なにか不穏なことが起こっているのか。

こういうときこそコンシェルジュだ！　常にロビーで控えめに微笑みつつさりげなく困っている人をサポートしているコンシェルジュに訴えてみる。

同じように電話で番号を押していくが、やはりつながらない。首をかしげるコンシェルジュ。数回やってみたあと、つながらないとお困りでしょうから一度フロントの電話でかけてみましょう、と。

フロントの電話を借り初めて日本の家族と会話。おう。

もしもしアロハなり。

みなさんお元気でしたか？

手早くお互いの無事を確認し合い電話を切る。

と、フロント内でプリペイドカードを確認していたコンシェルジュのお兄さんが笑顔で近寄って来る。

「お客さま、この部分ですね、銀色のシールが貼ってあった場所ですが、きちんと剝がすともう一つ数字がでてきました。これで使えると思いますのでもう一度やってみましょう」

公衆電話に移動し、番号を押す。アナウンスにしたがってPIN番号も押していく。

わ！　つながった!!　うほー!!　さっき切ったばかりの家族へもう一度かける。

や、どもども、公衆電話でかかるかどうか試しただけなので、お元気で、さようなら。

ありがとうありがとう。コンシェルジュさんありがとう。さすが世界的観光地の有名ホテルのコンシェルジュさんだけあるわ。すごいね。いやほんと。ほれぼれしますわ。

この研修での一番の収穫。ハワイの国際電話用プリペイドカードのPIN番号は12桁である。

京阪電車に迷わされ

娘の下宿に滞在していた間に、近所に住む兄の娘、つまり姪っ子の高校入学のお祝いを買いに行くことになり。あいにく娘は大学が始まっていたので私と姪っ子と二人で出かけた。

「学校にはめていくあまり高くないオシャレな腕時計」

というのがリクエスト。

残念ながら土地勘がないので、どこに行くのかは姪っ子に任せ、近くの某JR駅で待ち合わせた。

そこからなんとか線の電車に乗り、どこかで降りて歩いて乗り換えてたら目的地のショッピングセンターは目の前だ、という。そうかそうか。任せたよ、よろしく頼む。

なんちゅうても地元民である。きっとサクサクとたどり着けるのだろう。友だちと一緒に電車で行ったこともあるという。心強いではないか。

鼻歌を歌いながら電車に乗り途中で降りて歩いて次の駅へ行き乗り換える。

最後の乗り換えはどこ？

「んーと、枚方《ひらかた》」

そうか、枚方か。ずっと前に枚方パークに行ったなぁ。ヒラパー兄さん岡田君かっこいいよねぇ。でもあの頃ヒラパー兄さんいなかったな。菊人形展を見に行ったんだよ、まだおばあちゃん、キミらのひいおばあちゃんも元気だったよなぁ……などと思い出話をしている間に枚方駅着。

よしよし乗り換えるか。

さっさと歩く姪っ子の後に付いて行く。やっぱ来なれてるねぇ。乗り換えを案内板なしでできるなんてすごい才能やね。

そしてホームで待つことしばし。

お、来た来た、あれか？

どやどやと乗り込んでいつも通り入口の上にある路線図を見る。ほうほう、三つ目の駅で降りるわけね、あっという間だな。それにしても難しい字やね。知らなきゃ読めないわ。

聞くともなしにホームの案内を聞いていたら行こうと思っているのと反対方向にあ

る駅を告げている。

え？　ちょっと待て？　いまこれ京橋行きって言わなかった？

あかんあかん、これ反対行きだよ！

あわてて姪っ子の手を引いてドアの隙間から飛び降りる。

いやー、危なかったなぁ。これ、反対行きだよ、姪っ子さん。ははははは、まいったまいった。

あやうく別の場所に行っちゃうとこだったねぇ。でも気にしなくていいよ、こんなことなんでもないって。なんくるないさー。

と笑いながら反対のホームで待っているとめちゃくちゃ豪華な電車が入って来た。

おお！　なんだこれ！　めっちゃオシャレじゃん！

このオシャレな電車、特別な切符なしでも乗れるの？　え？　いいの？　うはー！

さすが大阪！　太っ腹やねぇ。

見かけがシックなこの電車は中も豪華。混んでいたので座ることはできなかったけど、二階建ての客車は座席がやけに高そうな布張りで、普通のものよりふわふわして見えるではないか。なんだ、なんだ。すごいな、この電車。

キョロキョロしているうちに電車がするすると発車。うはー！　いいねいいね。

ウキウキと入口の上の路線図を見る。

えっと、三つ目で降りるんだよね？

て、あれ、これ、さっき特急って言ってなかったっけ？　特急ってその駅停まるの？

「んー。わからんけどー」

不安げに姪っ子は父親から渡された路線図を見ている。

でも、まぁ、通り過ぎちゃったらどこかで降りて戻ればいいしね。時間はたっぷりあるから。

それにしても豪華やねぇ。この電車。

と、そこで車内放送。しっ！　聞こう聞こう。

「京橋行き特急電車に……」

ちょっと待って。いま、京橋行きって言ったよね？　京橋ってさっきの電車も京橋行きとちがったっけ？　ええ？

「この列車は終点京橋まで停まりません」

おーまいがぁぁぁぁああ――――っっ!!

なんなんだ！　途中で戻るもなにも終点までノンストップやん！　しかも京橋って反対方向やん!!

うへー。えらいこっちゃ。一難去ってまた一難。反対行きの電車からあやうく飛び降りたというのに、あえてまた反対行きの電車のしかもノンストップに乗ってしまったとは。神も仏もござりませぬな。

しかし、乗ってしまったモノは仕方ない。潔く運命を受け入れようではないか。

京橋にもお店あるよね？

女子高生向けのものはあまりなかったけどかたっぱしから店をのぞき、なんとか気に入ったものを買い、帰途に就く。

そして、帰りは、一度も乗り換えずに姪っ子の家の最寄り駅まで到着。所要時間30分余り。

姪っ子よ、覚えておくがいい。人生ってのはな、一筋縄では行かぬモノなのよ。

おやしらずこしらず

親知らずが一本も生えたことがない。

聞いたところによるとあれは生えてくるのも痛いし、生えてる間も痛いし、抜くのも痛い。全くもって何のために生えてくるのか意味の分からない歯らしい。なんなんだ親知らず。

そういえば何年か前に夫が親知らずを抜いた後に、熱を出してえらい目にあったよなぁ、と。いや、私は「大丈夫？　大変だねー、痛いー？　可哀想だねぇ」といたわるだけだったけど夫は痛み止めを飲んではうずくまって泣いていたようないなかったような。

親知らず、生えてこなくてよかったぁ。しかし親知らずが生えてようやく一人前の大人として認められ、親元を離れて独立して……と思うと、一本も生えてないってのは親離れしてないと公言しているようでちょっと情けない気もする。

そんな親離れ未達成な私だが、実は子離れ未達成者でもある。

去年の4月、娘が大学入学を機に西の都で一人暮らしを始めた。その引っ越しのあれこれはすでに書いたけど、その後の日々が、また聞くも涙語るも涙のお話で。

引っ越しのあとすぐ学校が始まった娘の代わりに家具やら生活用品やら日用品やらなんだかんだを毎日あれこれ買いに走り回り、部屋を整えねばならぬ。ついでに掃除の仕方を教え、一人でちゃんと生きていけるように、と手とり足とり教えねば……。と、必要に迫られ仕方なく、あくまで仕方なく半月ばかり娘の部屋で暮らした。

普段、歩いて5分のスーパーにも車で行くような名古屋的生活に浸っている私が、下宿から左方向に15分のスーパーに行ったあと、今度は下宿を通り過ぎて更に右方向に10分歩いてドラッグストアに行ったり、わざわざ電車に乗って百円ショップへ1日に2回も行ったり、体力的にかなり頑張った日々。

そして夜は小さなベッドでくっついてだらだらしゃべりながら寝る。なんというかとっても濃密な時間を過ごしていた。

濃密といえば、娘の下宿から歩いて30分くらいのところに私の兄一家が住んでいるのだが、大きな家具などを買うときに何度も兄に出動願ったりもした。兄と私も大学進学を機に家を出たので、こんなに長い時間一緒に過ごすのも何十年ぶりかだし、こんなにたくさん話をしたのも久しぶり、というか、初めてかもしれない。ある意味新鮮だったなぁ。期せずして兄妹の絆を再確認、なんてな。

そんなこんなの毎日も終わりを告げ名古屋へと帰る日が来た。

娘を置いて行くこの辛さ。あ、いや、辛いのは私だけで娘はあっさりと手を振って「そんじゃね〜！」と学校へと出かけて行ったのだが。本当ならブロークンなハートを抱えてとぼとぼと帰路に就くところなのだが、ここで救いの手が差し伸べられたのである、偶然に。多分偶然に。

そう、「本の雑誌」の人気コーナー「おじさん3人組」のおじさん三人が京都の本屋さんの取材に来京されるとのことで合流し、ルイルイっ！と同行。

マイペースなおじさん1号と、やたらと元気はつらつなおじさん2号といろいろな役目を押し付けられても笑顔でご飯のことだけ考えているおじさん3号との旅はアタクシの傷付いた心を優しく癒してくれました、いや、ほんと。

そして、翌日から日常が戻って来た。

朝起きてご飯を作り家族を起こし洗濯機を回しそれぞれを送り出し、自分も出勤する。帰宅して洗濯物を取り込み畳みご飯を作り家族の帰りを待つ。待つ。待つ……。

働き盛りの夫も、部活で忙しい息子も帰りが遅い。遅くてご飯を食べない日も多い。夕方から寝るまでの時間が、長い。実際には変わらないはずのその時間が、やけに長く感じるのだ。

あぁ、そうか。いままでならこの時間になったら娘の塾が終わり「帰るメール」が届いていたなぁ。時間を計算し、目の前のバス停まで迎えに行って二人できゃあきゃあ言いつつ家まで走って帰ったよなぁ。ご飯を食べながら1日の報告をしあって、意味もなく笑っていたよなぁ。

一人で過ごす時間。本はたくさん読めるけど、なんとなく寒い。心が寒いのだ。なんなんだ、失恋した高校生か！

そのころ、某SNSに書き込んだ日記。


4月某日。

ごはんがなかなか減らないこと。

朝の見送りが一回少ないこと。

夜のお迎えがなくなったこと。

玄関がすっきりしてること。

（娘の名）がいない。

買い物かごに無意識に入れた（娘の名）の好きなものに気付いたときに感じる圧倒的な不在。

（娘の名）がいない。

おかーさんは寂しいです。

その代わり、（息子の名）がやたらと話しかけてくる。

所在なさげなアタクシを気遣ってか、18年間妹に明け渡していた母親独占の地位を取り戻してか。


まるで失恋日記だ。恥ずかしいくらいだ。

今読むと笑えるけど、あのころは、夜になると娘を思って泣いていた。

そしてそんなとき娘から届いたＬＩＮＥの文面にまた泣いた。

「おかえり」のない「ただいま」や

「いってらっしゃい」のない「いってきます」がさみしいです。

そうかそうか、さみしいか。よしよし、おかあさんもさみしいよ。息子も娘もいつかはこの手から巣立っていく。わかってはいるし、そうでなければ困るのであるが。それでもいつまでも息子や娘と一緒にわあわあ言いながら暮らしていたいと思ってしまう、ダメな母なのである。

あとがき

店の同僚から「連載を楽しみにしている友達が、最近更新されてないけどもう終わっちゃったの？　って心配されたのだけど」と言われた。

そういえば最後に書いたのが去年の九月か。あれから半年以上かぁ。

この間に私の人間的レベルが格段とUPし、道に迷ったりお財布を忘れたり振込みで失敗したりなんて一度もなかったのだ！

なんてことは全くなく。毎日きちんとしょうもないミスを続けておりますのでご安心ください。

しかも、今年に入ってからはどうしたらこうなるんだ！　ってことが立て続けに起こり、誰かに呪《しゅ》をかけられたのかと悩んだりなんかして。

一つ目はお正月早々に起こったのだけど、これは本気で地下1000メートルの深みに潜るほど落ち込んでいたので書かないでおく。思い出してもどんよりするのでね。

そして二つ目。これは2月のとある金曜日に起こったまさに悪夢のような出来事。出勤のため午後12時35分に家の玄関を出た。このとき玄関を出て右に行くか左に行くかで運命は大きく変わっていたのだ。左に行けばエレベーターがある。右なら階段だ。

ここで考えた。去年のクリスマスから怒涛のご馳走三昧で体重が確実に1キロは増えている。春が来る前に、薄着になる前に、なんとかしてその1キロを落とさねばならぬ。そのためにはまずは運動だ。日々是努力。けど無理な運動は続かない。かるく階段昇降からいきましょう。

ってことで玄関から右に進んで階段を降り始めた。

そのとき、私の目線は遠くに向いていた。ゆうべの雪もほとんど溶けちゃったな、屋根の上に少し残ってるだけだなぁ……と、そこまで考えたところで悲劇は起こった。足元を見ず、遠くに目をやったまま身体の感覚だけで階段をとんとんと軽快に降りていた。途中で階段は踊り場になり左側に曲がってまた降りていく造りなのだが、私の身体に沁みついた感覚ではそのとき左足はすでに踊り場に着地していた。なので次の一歩でもって左側に半回転しようと右足を身体の左側に向かって出した。身体も半分左側に向かう。が、しかし、踊り場で身体を支えているはずの右足が空をかいた。

え？　あれ？

と思った瞬間、右足の上に身体が落ちた。

何が起こったかわからなかった。落ちたのかっ、と思ったとたんに足首に激痛が……い、い、痛い……痛いし、た、た、た、立てない……。

しばらくうずくまって痛みを逃そうとするが一向に収まらない。これはまずい。とりあえず部屋に戻ろう。両手と左足の三足歩行で階段を上り、縋り付くようにカギを開け部屋に転がり込む。

激痛をこらえて靴を脱ぎ、部屋の中で悶絶。階段から落ちて歩けないので少し遅れる、と店に電話する。

30分ほど丸まっていたが痛みは治まらず足首はどんどん腫れて来る。これはヤバい感じじゃない？

再び店に電話すると、今日は入荷も少ないしレジも暇なのでこのまま休んでも大丈夫とのこと。店の暇さに感謝しつつ湿布を貼って安静態勢に入る。

近所の整形外科の診察時間を調べると4時からとのこと。しかたない4時までこのままだな。

右足を上げたまましばらく寝転んでいると少し痛みが治まって来たような気がする。このまま放っておいてもいいんじゃないか、という気がそこはかとなく。単なる捻挫だったら湿布貰って終わりだしな。診察行かずにすまそうかなぁ。それにレジくらいならできそうだから店に行こうかな、と思って電話してみたらすでに品出しも終わって余裕の状態だとか。あれこれ話をしていた同僚が、捻挫を甘く見ると痛い目に遭うから必ず病院に行くように、と。

そうねそうね。もしかすると骨にヒビとか入っちゃってるかもしれないしね、念のため診察受けておくよ。

4時になり片足引きずりつつ病院へ。

そこでレントゲンを撮ったらなんとまぁ、靭帯が切れてますよ、もしかすると骨もヒビが入ってるかも。しばらくはギプス&松葉杖になりますから、って。

えええええっ！　そんなオオゴトなの!!

店の同僚や会社や家族に迷惑をかけつつリハビリに励むこと1ヶ月半。ギプスも外れ松葉杖も返し、ようやく日常が戻ってきた。

この『迷う門には福来る』は日々の何気ない出来事や毎日のちょっとした失敗を本の雑誌社のホームページに連載してみないかという誘いから始まり、いつの間にやら4年。たくさんの迷子やうっかりさんからの多大なる共感を得て、このたびまさかの書籍化という運びとなりまして。

それもこれも私のちいさな失敗をきちんとフォローし、励まし、時には叱咤し、正しい道へと導いてくれた多くの友達のおかげだと心から感謝しております。

この4年で私は大きく成長しました。この成長の過程が世の中の多くの迷える人々の心の糧となれば幸いです。

最後に、連載中、一部出版業界内で生まれいまも愛されている「ひさだる」という言葉を、生まれた時から「ひさだ」という苗字と付き合っている夫と子どもたちに贈ります。

2015年初夏　時空がゆがむ名古屋にて

本書はWEB本の雑誌
(http://www.webdoku.jp/)連載の
「迷う門には福来る」に書き下ろしをくわえ、
加筆修正のうえ単行本化したものです。

装画・本文挿絵＝高橋知江
装丁＝川名 潤 (prigraphics)

迷う門には福来る

二〇一五年六月二十日 初版第一刷発行

著者 ひさだかおり
発行人 浜本茂
印刷 中央精版印刷株式会社
発行所 株式会社 本の雑誌社
〒101-0051
東京都千代田区神田神保町1-37 友田三和ビル
電話 03(3295)1071
振替 00150-3-50378

定価はカバーに表示してあります
ISBN978-4-86011-273-8 C0095